Ein vernünftiger Ehrgeiz hat den Architekten Jean Michelez veranlaßt, sich als Bauunternehmer selbständig zu machen. Auch in seinem Gefühlsleben schließt er einen Kompromiß: nachdem er lange Zeit auf das ideale Wesen gewartet hat und immer wieder enttäuscht wurde, zieht er nun jede beliebige Gesellschaft der Einsamkeit vor. Er lebt nach dem Grundsatz, nichts zu geben, ohne etwas zu erhalten – im Beruf wie in der Liebe. Mehr als ungelegen kommt ihm daher eine Bitte seiner Nachbarin Madame Auriol, die nach dem Tod ihres Mannes zurückgezogen und ärmlich in einem Gartenhaus lebt und sich ganz der Pflege ihrer kranken Tochter Dinah hingibt. Den Aufenthalt in der Schweiz, der nach Auskunft des Arztes das einzige Heilmittel für Dinah sein könnte, kann sich Madame Auriol nicht leisten, weshalb sie sich in ihrer Not an Michelez wendet. Dieser weigert sich zunächst, ihr zu helfen. Erst als es zu spät ist, gewinnt seine wahre Natur die Oberhand.
»*Dinah* entpuppt sich als literarisches Kleinod.«
(Jörg Altwegg in der *Frankfurter Allgemeinen Zeitung*)

*Emmanuel Bove* wurde als Sohn eines vor der zaristischen Polizei geflohenen Juden und einer Luxemburgerin 1898 in Paris geboren. Er lebte in der Schweiz, in England, Österreich und ab 1942 in Algier im Exil. Bove schrieb mehr als zwanzig Romane, die aber auf sein Geheiß hin im besetzten Frankreich nicht erscheinen durften. 1944 kehrte er schwer krank nach Paris zurück, wo er 1945 starb. Die Reedition seiner Werke Ende der siebziger Jahre führte zu einer Bove-Renaissance und machte ihn auch bei uns bekannt. Bove gehört zu den bedeutendsten Schriftstellern der klassischen Moderne.
Im Fischer Taschenbuch Verlag: *Ein Junggeselle* (Bd. 10621), *Die letzte Nacht* (Bd. 9278), *Die Liebe des Pierre Neuhart* (Bd. 10400), *Der Mord an Suzy Pommier* (Bd. 11658) und *Menschen und Masken* (Bd. 10790).

Emmanuel Bove

# Dinah

Roman

Aus dem Französischen
von Michaela Ott

Fischer Taschenbuch Verlag

Veröffentlicht im Fischer Taschenbuch Verlag GmbH,
Frankfurt am Main, Juli 1995

Die Ausgabe erscheint mit freundlicher Genehmigung
von Katharina Wagenbach, Friedenauer Presse, Berlin.
Die französische Originalausgabe erschien 1928
unter dem Titel *La mort de Dinah* bei den
Editions des Portiques, Paris.

Gesamtherstellung: Clausen & Bosse, Leck
Printed in Germany
ISBN 3-596-12525-1

*Gedruckt auf chlor- und säurefreiem Papier*

Gegen Ende eines schönen Herbstnachmittags schlenderte Jean Michelez, der an der Porte de Champerret aus der Straßenbahn gestiegen war, den langen Boulevard in Neuilly hinab, an dessen Ende sich die Villa *La vie là* erhob, die er mit seiner Frau und seinen beiden Kindern bewohnte. Es war einer der letzten schönen Tage des Jahres. Ein lauer Wind wirbelte den Staub von der Straße auf. Alles trug noch die Spuren des Sommers an sich. Die Bäume hatten ihre Blätter noch nicht verloren, diese staubigen Blätter der zu Ende gehenden Jahreszeit, die die Gewitter nur halb naß gemacht haben. In den Gärten schützten helle Zelte die ländlichen Möbel. Rufe, Stimmen und Gespräche hallten nach. Von Zeit zu Zeit ließ ein geöffnetes Fenster die Lieder eines Grammophons oder eines Radioapparats zum blauen Himmel entfliehen.

Monsieur Michelez blickte auf seine Uhr. Es war sieben Uhr. Die Nacht brach bereits an. Er beschleunigte den Schritt, nicht aus Furcht, seine Frau warten zu lassen, sondern weil er plötzlich das unwiderstehliche Bedürfnis verspürte, zu Hause zu sein, zu sprechen, sich umgeben zu fühlen. Seit dreißig Minuten hatte er kein Wort gesprochen. Um halb sieben Uhr hatten sich seine Angestellten von ihm verabschiedet, mit einer Stimme, deren Unterwürfigkeit zu der Freiheit, die sie gleich wiedererlangen würden, in Gegensatz stand. Kurz darauf war er ebenfalls gegangen, nicht ohne vorher sorgfältig die Tür seines Büros in der Rue de la Michodière abgeschlossen zu haben. Dieser kurze Augenblick der Einsamkeit, der ihm zu Beginn angenehm erschienen war, bedrückte ihn jetzt. Beim Gehen hatte er sich an seine Jugend erinnert; damals hatte ihn die Aussicht auf einen leeren Abend unzählige Male in tiefe Entmutigung gestürzt, diese Jugend, die nicht zu Ende ging, denn er hatte, obwohl er nun siebenundvierzig Jahre alt war, erst vor knapp drei Jahren geheiratet. Seitdem war ihm die Einsamkeit zum Alptraum geworden. Er zog ihr jede beliebige Gesellschaft vor.

Zu Beginn seines Berufslebens war Jean Michelez Architekt gewesen. Ein vernünftiger Ehrgeiz hatte ihn veranlaßt, sich selbständig zu machen, sich seine Kundschaft zu halten, zuverlässig, redlich und korrekt seine Geschäfte zu führen. »Ich werde mir meine Kunden nicht suchen; sie werden zu mir kommen. Ich werde ihnen keine Wunder versprechen; und sie werden zufrieden sein. Sie werden mich ihren Freunden empfehlen. Nach und nach wird sich der Kundenstamm erweitern. So werde ich von niemandem abhängig und mein eigener Herr sein.« Dieses stoische Warten dauerte zehn Jahre. Der Krieg kam. Gleich nach seiner Ausmusterung gab er seinen Beruf auf Betreiben eines Bekannten, Gaston Bonellis, zugunsten des viel lukrativeren eines Bauunternehmers auf. Ein bißchen wie bei jenen Ärzten, die Apotheker werden, bei jenen Anwälten, die ihre Kanzlei in ein Geschäftsbüro umwandeln, bei jenen Polizeikommissaren, die ihr Amt niederlegen, um die Leitung einer Auskunftsdetektei zu übernehmen, entdeckte man auf seinem Gesicht etwas von der besonderen Nachgiebigkeit und Reizbarkeit, die all denen eigen ist, die aus Gewinnstreben verzichtet haben. Ihre Feigheit verbirgt sich hinter der Notwendigkeit, ihren Lebensunterhalt zu verdienen. Dennoch verrät sie sich in den Gesten und der Physiognomie. Beobachtete man Monsieur Michelez, so spürte man, daß ihn die Schwingen des Niedergangs streiften: wenn er auch keine Feinde hatte, so fanden sich doch genügend frühere Kollegen, die ihn verurteilten; denn das Geld, das er gegenwärtig verdiente, war auf Kosten einer höheren sozialen Stellung erworben, und die, die trotz der Entbehrungen, trotz der Gleichgültigkeit ihrer Umgebung und trotz ihres Selbstzweifels ausharren, haben selten Nachsicht mit jenen – Schwächeren –, die verzichten, obwohl es gerade diese Abtrünnigkeit ist, aus der sie den Stolz schöpfen, weiterzumachen.

Monsieur Michelez hatte unter dieser Verachtung gelitten und litt noch unter ihr. Aus Eigenliebe hatte er eine Art Kompromiß zwischen seinem vergangenen Leben und dem gegenwärtigen geschlossen. Er wollte nicht der erstbeste Unternehmer sein. Er träumte, ein einzigartiger Unternehmer der alten Schule zu werden, mit der er jedoch auf keinerlei Weise verbunden war. Redlichkeit, Gewissenhaftigkeit, Pflichtbewußtsein und Nachsicht, was die Pflichten anderer anging, waren seine Haupteigenschaften. Er setzte seine Ehre darein, den Betrag seiner Kostenvoranschläge nie zu überschreiten, auch wenn er dabei draufzahlen mußte.

Kurz, er wollte das, was ihm in manchen Augenblicken wie ein sozialer Abstieg erschien, mildern durch eine Perfektion, die es ohne ihn, wie er dachte, in seiner Zunft nicht gegeben hätte.

Dieselbe Verkettung zeigte sich in seinem Gefühlsleben. Lange hatte er nach einer vollkommenen Freundschaft gesucht. Hingezogen zu anderen, zu Anhänglichkeit und Zärtlichkeit, hatte er seine Kindheit damit verbracht, auf das ideale Wesen zu warten, das, wie er meinte, früher oder später seinen Weg kreuzen würde. Er hatte sein Leben lang auf der Lauer gelegen, eher, um das Glück beim Schopf zu packen, als um seine materielle Zukunft besorgt. Jedes neue Gesicht, das ihm begegnete, hatte in ihm die verrücktesten Hoffnungen geweckt, jede Aufmerksamkeit eine krankhafte Freude, die manchmal eine ganze Woche lang anhielt, ohne nachzulassen, die immer gleich stark war und die plötzlich, bei der ersten Kränkung, verging. Denn jedesmal, wenn er jemandem zugetan war, wurde er tief enttäuscht. Er konnte noch soviel geben, nie taten es ihm seine Partner gleich. Und was er eben nicht hinnahm, was er nie hinnehmen wollte, war, zu geben, ohne zu erhalten. Er hatte sich eine eigene Philosophie der Gegenseitigkeit zurechtgelegt. Sie war die Grundlage jeder dauerhaften Liebe. Ohne Gegenseitigkeit gab es keine zwei Wesen auf der Welt, die einander verstehen könnten. Aber zu Beginn einer Beziehung hütete er sich, das zu fordern und sich darum zu sorgen. Er begnügte sich damit, sich auszuliefern. Erst später, beim ersten Zweifel, dachte er daran, wobei er dann düster, eifersüchtig und tyrannisch wurde.

Als er das kleine Dorf Lagny in der Umgebung von Nancy, in dem sein Vater den Beruf des Tierarztes ausübte und in dem er aufgewachsen war, verließ, um nach Paris zu ziehen (er war zu der Zeit 23 Jahre alt), machte er die Bekanntschaft eines deutschen Studenten namens Hans Schiebelhut. Jean Michelez hatte ein Zimmer in der Rue Monge gemietet, bei einer älteren Frau, Madame Greuze. Diese Madame Greuze war eine wunderliche Witwe, die schon um acht Uhr morgens frisiert, gepudert und bis zum Hals schwarz eingekleidet war und deren wichtigste Beschäftigung darin bestand, abwechselnd ein Dutzend Familienschmuckstücke zu tragen. Sie hatte eine rührende Zuneigung zu den jungen Leuten, denen sie zwei Zimmer ihrer mit viel zuviel Möbeln vollgestellten Wohnung untervermietete. In dem anderen Zimmer wohnte Hans Schiebelhut. So kam es zu ihrer Bekanntschaft. Dieser Student, dessen Hals aus einem Schillerkragen herausragte, war Vegetarier. Er gehörte zu jenen Jünglingen, die man in Deutschland *Wandervögel* nennt. Die Haare im Wind, den Beutel auf dem Rücken, in Lederhosen mit Hosenträgern ziehen die Wandervögel in Scharen, sonntags oder während der Ferien, durch den Schwarzwald oder die Sächsische Schweiz, besteigen den Harz oder den Taunus; dabei begleiten sie ihren Marsch mit Gesang zur Gitarre, schlafen unter freiem Himmel, trinken direkt an den Quellen und träumen von einer Rückkehr zum paradiesischen Ursprung. In der Wohnung von Madame Greuze bewirkte diese Vorliebe für räumliche Weite, daß er nie seine Tür schloß. Wenn man den Flur entlangging, an dessen Ende sein Zimmer lag, konnte man ihn sehen, wie er, bald mit nacktem Oberkörper, bald in einem gestreiften Bademantel, hin und her ging oder saß und ein Buch ganz nah vor die Augen hielt oder sich wie ein schlechter Schüler über ein Blatt Papier beugte. Man konnte Lärm machen, er hob nie seine von einer Brille mit Goldrand umrahmten Augen, denn er war wie die meisten kurzsichtigen Leute wenig verschwenderisch mit seinen Blicken. Von manchen unter ihnen hatte er auch die Ungeniertheit und den Mangel an Schamgefühl. Daran gewöhnt, gesehen zu werden, ohne zu sehen, hatte er sich damit abgefunden, und es kümmerte ihn wenig, daß man auf seinem Kamin, auf seinem Tisch Milchtöpfe, Orangen-, Bananen- oder Nußschalen sah. Sein Essen bereitete er selbst. Salz, Butter, auch wenn sie sich in Reichweite seiner Hand befanden, störten ihn nicht beim Studieren. Die Bierflasche, die ihm als Behälter für Brennspiritus diente, stand auf seinem Arbeitstisch. Er benutzte sie sogar, um ein offenes Buch an sie anzulehnen.

Die Beziehungen, die sich zwischen den beiden Männern ergaben, hatten, wenn sie auch anfangs voll gegenseitiger Aufmerksamkeiten waren, später dennoch gewisse komische Seiten. Während Jean Michelez regelmäßige Gewohnheiten, ein maßvolles Urteil über alles und einen einfachen Geschmack hatte, war Schiebelhut von Stolz geschwellt, bekundete eine grenzenlose Bewunderung für Größe und Stärke und beklagte sich ständig, daß ihm die Zeit zum Arbeiten fehle. Da er Behaglichkeit, Vergnügen, Ruhe verachtete, fand man ihn zu jeder beliebigen Tageszeit in Bücher vertieft oder am Schreiben, die Ärmel hochgekrempelt, das Hemd weit geöffnet, sogar mitten im Winter. Wenn Jean Michelez ihn besuchen kam, ließ er nicht sofort von seinen Beschäftigungen ab. Wie eine Maschine, die auf Hochtouren läuft, konnte er nicht auf einen Schlag aufhören. Er versuchte im übrigen, einer Maschine oder noch lieber einem Athleten ähnlich zu werden, und hielt es für unumgänglich, für den Verstand dieselben Vorkehrungen zu treffen wie für den Körper.

Jean Michelez, einer Neigung seines Charakters folgend, hatte für diesen Studenten sofort tiefe Bewunderung gehegt. Dessen wilde Kraft, seine Arbeitswut, seine nicht gewollte, sondern natürliche Gleichgültigkeit allem gegenüber, was das Leben versüßt, begeisterten ihn. Er hätte es ihm gerne gleichgetan. Daß er das nicht konnte (der Architekt konnte nicht lieben, ohne daß ihn ein unbezwingbares Bedürfnis nach Nachahmung befiel), erfüllte ihn mit noch mehr Respekt.

Als sich Jean Michelez eines Abends zu seinem Freund begab, erblickte er ihn – wie gewöhnlich hatte er die Tür zu seinem Zimmer offengelassen – in Gesellschaft eines unbekannten jungen Mannes. Beide schienen sehr fröhlich. Abwechselnd lachten und redeten sie laut. Aus Zartgefühl wagte Jean Michelez nicht einzutreten. Er kehrte um und wartete in der Hoffnung, daß der Besucher sich bald entfernen würde. Aber das Gelächter und die lauten Stimmen ertönten, anstatt zu verstummen, nur noch stärker, wie ihm schien. »Schiebelhut könnte mich immerhin holen kommen«, dachte Jean Michelez. »Es ist an ihm, den ersten Schritt zu tun. Er müßte das verstehen. Da wir uns jeden Abend sehen, müßte er wenigstens die Höflichkeit besitzen, sich zu entschuldigen. Ich verstehe sehr gut, daß er sich freut, seinen Landsmann wiederzutreffen, aber das dürfte ihn nicht daran hindern, mich vorzustellen.«

Am nächsten Morgen machte sich Jean Michelez in dem Glauben, daß der Unbekannte gegangen sei, erneut zu seinem Freund auf, als er im Flur ein Geräusch von Stimmen vernahm. Die beiden Deutschen waren immer noch zusammen. In Schiebelhuts Zimmer war ein Klappbett aufgestellt worden. Sicherlich hatte sich der Besucher dort häuslich niedergelassen.

Als er zum zweiten Mal umkehrte, entschied Jean Michelez, kein Lebenszeichen mehr von sich zu geben. Eine Woche verging, ohne daß Schiebelhut, der vor der Ankunft seines Kameraden jeden Abend in seiner Gesellschaft verbracht hatte, auch nur ein einziges Mal mit ihm gesprochen hätte. Von seinem Zimmer aus hörte der Architekt, wie die beiden Studenten nachts bis zwei Uhr morgens miteinander redeten. Er lebte nicht mehr. Eine dumpfe Wut stieg in ihm auf, auf diese Weise abgeschoben worden zu sein, während sie noch am Abend vor der Ankunft von Schiebelhuts Landsmann geplant hatten, am nächsten Tag zusammen das Schloß von Versailles zu besichtigen. Jean Michelez hatte Schiebelhut einige Bücher geliehen, der in einer unglaublichen Dreistigkeit nicht einmal daran dachte, sie ihm zurückzugeben. Man hätte meinen können, der junge Architekt habe nie existiert. Eines Abends jedoch konnte sich Michelez nicht länger beherrschen. Als die beiden Deutschen zu singen begannen, wobei sie sich auf einer Gitarre mit Bändern begleiteten, stand er, nachdem er sich bereits hingelegt hatte, wütend wieder auf. »Wenn sie sich über mich lustig machen wollen, wollen wir doch mal sehen«, dachte er. Er ging durch den langen Flur, der zu dem Zimmer der beiden Studenten führte. Wie üblich stand die Türe offen. Er trat näher. Bei seinem Anblick legte Schiebelhut die Gitarre, auf der er sich begleitete, beiseite und sagte auf die natürlichste Weise der Welt:

– Oh! Monsieur Michelez, guten Abend, ich habe Sie nicht gesehen viele Tage. Sie haben mich verlassen. Das ist nicht sehr nett von Ihnen; ich bin sehr erstaunt, daß ich Sie jetzt sehe.

Angesichts einer derartigen Ahnungslosigkeit legte sich Jean Michelez' Wut, ohne daß jedoch sein Groll nachließ.

– Sie hätten doch kommen können! sagte er schließlich.

– Niemals, niemals, antwortete der Student. Auf keinen Fall würde ich Sie stören wollen. Jetzt, wenn ich gewußt hätte, wären mein Kamerad Lautenbach und ich Sie besuchen gekommen.

Der Architekt unterdrückte, was er über das Musizieren nach einer bestimmten Uhrzeit hatte sagen wollen, und fragte:

– Können Sie mir die Bücher zurückgeben, die ich Ihnen geliehen habe? Ich werde sie dieser Tage brauchen.

– Natürlich, Monsieur Jean. Warten Sie bitte einen Moment, ich werde Ihre Bücher suchen und gebe sie Ihnen.

Schiebelhut stand auf, während sein Freund dem Besucher zulächelte, der eine mürrische Miene beibehielt. Nachdem er in allen Ecken gesucht hatte, entdeckte der Student sie schließlich in einer Schublade, wo sie neben überreifen Birnen lagen, was dazu angetan war, Jean Michelez noch mehr aufzubringen. Nach einem spärlichen Dank verabschiedete er sich, nicht ohne daß Schiebelhut ihm mit einschmeichelnder Stimme wünschte, »mit geschlossenen Fäusten zu schlafen und schön zu träumen«.

Endlich allein, konnte Jean Michelez vor Wut nicht mehr an sich halten. »Nicht genug, daß er sich benimmt wie ein Flegel. Er muß mich auch noch vor einem Unbekannten lächerlich machen.« Eine tiefe Bitterkeit befiel den jungen Mann. Die Nervosität machte es ihm unmöglich, still zu sitzen. Hinter der Wand hörte er die Deutschen weitersingen. »Das übertrifft alles je Dagewesene. Ich werde zuschlagen müssen!« Er geduldete sich dennoch eine weitere Stunde. Als die Studenten schließlich eine Art Choral anstimmten, ging er hinaus auf den Flur und schrie voller Wut:

– So seien Sie doch still. Die Nacht ist zum Schlafen da.

Er hatte kaum seine Tür geschlossen, als er es leise klopfen hörte. Es war Schiebelhut. In gesetzten Worten, mit einer kaum vorstellbaren Sanftmut, kam er, »um Verzeihung zu bitten«.

– Wir werden nicht mehr spielen, sagte er. Ich dachte nicht, daß man uns bis zu Ihnen hört. Ich bin traurig, daß ich Ihre Ruhe gestört habe. Ich bitte Sie, seien Sie nicht böse mit mir. Jetzt gute Nacht und, noch einmal, seien Sie nicht böse mit mir.

Dann zog er sich zurück, ohne auch nur die geringste Bemerkung zu den gemeinsamen Plänen oder den Beziehungen zwischen ihnen zu machen. Er hatte sich entschuldigt wie bei einem Fremden.

Dieser Vorfall traf den jungen Architekten tief. Im folgenden Monat verließ er Madame Greuze und zog in ein Hotel, um dort die Ankunft von Möbeln aus der Provinz abzuwarten, denn er hatte beschlossen, eine Wohnung zu mieten und unabhängiger zu leben.

Fünf Jahre später, als Jean Michelez sich soeben mit einem gewissen Camille Foucaux überworfen hatte, der, nachdem er sich von ihm Geld geliehen hatte, behauptete, daß dieses Geld kein Darlehen, sondern eine Beteiligung an einem Geschäft gewesen sei (es handelte sich um den Bau von zwölf »Gasthöfen« in der weiteren Umgebung von Paris) und daß keine Rede davon sein könne, diese in voller Kenntnis der Lage vorgeschossene Summe zurückzuzahlen, da ihm andererseits auch niemand, wäre die Operation glücklich verlaufen, seinen Gewinnanteil streitig gemacht hätte, erhielt er einen langen Brief von seinem Vater. »Schau, mein Sohn«, schrieb der Tierarzt, »man sollte im Leben nicht nur an sich denken. Dein Bruder muß auch seinen Weg machen. Er kommt mit guten Bewertungen vom Regiment zurück. Ich schicke ihn dir. Leite ihn. Schütze ihn.«

Einige Tage später landete Philibert, mit zwei Koffern aus Weidenruten beladen, bei dem Architekten. Der Charakter dieses jungen Mannes bestand aus einer seltsamen Mischung von Sanftmut und Starrsinn, von Schüchternheit und Durchtriebenheit. Ein Nichts, ein Wort, eine Geste ließen ihn erröten; er war nicht fähig, drei Sätze zu sagen, ohne zu lügen. Lügen war krankhaft bei ihm. Wenn man ihn in Lagny zum Bäcker schickte, sagte er jedesmal bei seiner Rückkehr unbeirrbar und im ernsthaftesten Ton der Welt, daß man ihm den letzten Brotlaib gegeben habe oder den ersten. Fragte man ihn, ob er diese oder jene angesehene Persönlichkeit, die der alte Monsieur Michelez zum Essen erwartete, benachrichtigt habe, gab er eine bestätigende Antwort. Aber die Zeit ging dahin und der Gast kam nicht. Man suchte diesen auf und erfuhr unverzüglich, daß der Auftrag nie ausgeführt worden war. Dem Gast gegenübergestellt, hielt Philibert weiterhin gegen allen Augenschein daran fest, daß er den Auftrag ausgeführt habe. Sein Vater bekam dann wahnsinnige Wutausbrüche und schickte ihn ohne Essen zu Bett. Am folgenden Tag nahm er ihn sich vor.

– Los, warum lügst du?

– Ich lüge nicht, antwortete das Kind.

Noch immer in der Hoffnung, ihn zu bändigen, beauftragte ihn der Tierarzt mit neuen Gängen, die, neun- von zehnmal, zu ähnlichen Szenen führten. Mit zunehmendem Alter jedoch nahm dieses Laster neue Formen an. Da er beim Lügen so häufig in flagranti erwischt wurde – denn das Unglaublichste an seinem Fall war, daß er sich als Kind jedesmal, wenn er log, einbildete, daß man es nicht merkte und *daß der Augenschein absolut nichts bewies* –, paßte er mit der Zeit besser auf und hütete sich, ohne Grund zu lügen. Dennoch war das, was ihn zum Lügen veranlaßt hatte, keineswegs verschwunden. Der Keim blieb derselbe, aber anstatt sich nur in Lügen zu entfalten, ließ er nun kompliziertere Verhaltensweisen entstehen. Das Gesicht von Philibert trug die Wundmale der Degeneration. Seine Augen hatten keine bestimmte Farbe. Die Stirn war kaum höher als der Abstand zwischen Nase und Mund. Eigensinnig, verschlossen, sprach er aus Angst, sich zu verraten, fast kein Wort mehr. Diese Angst, sich zu verraten, wurde bei ihm zur Obsession. Sie verfolgte ihn bis in die unvorhergesehensten Situationen. Er war dahin gelangt, sich einzubilden, schon die Tatsache, daß eine Idee in seinem Kopf auftauchte, bedeutete, daß er sie verstecken müsse.

– Guten Tag, Bruder, sagte er, als er ankam. Ich bin froh, bei dir zu sein.

Wenn er sprach, hatte man den Eindruck, daß er rezitierte. Er spielte die Arglosigkeit ausgesprochen gut. Später warnte ihn Jean vor bestimmten Kneipen, vor denen man sich in acht nehmen müsse. Er gab vor, selbst von der Existenz solcher Etablissements nichts zu wissen, und stellte Fragen, die, aus dem Mund eines vierundzwanzigjährigen jungen Mannes, das Mißtrauen seines Bruders hätten wecken müssen, spätestens bei Bemerkungen wie dieser: »Dort wird sicherlich getanzt. Die Pariser finden diese Häuser sicher ziemlich lächerlich. Man muß schon aus der Provinz kommen, um dahin zu gehen.«

Sein Bestreben war aber genau, sich zu amüsieren, eine Geliebte zu haben, in dieser verrufenen Welt zu leben, von der er soviel gehört hatte. Bei seinem Anblick hätte man jedoch geglaubt, einem jungen Mann gegenüber zu stehen, für den der Gipfel der Kühnheit darin bestand, eine Zigarette zu rauchen. Er war zuvorkommend und hilfsbereit. Er bekundete für seinen großen Bruder sogar abnorme Aufmerksamkeiten. Er machte dessen Bett, stellte die Pantoffeln bereit, bediente ihn wie ein Sklave, mit einer Selbstverständlichkeit, als hätte er sein Leben lang nichts anderes getan. Nie ging er abends aus. Seine einzige Zerstreuung bestand darin, seinen Bruder ins Kino zu begleiten. Diese Haltung war von einer kindlichen Berechnung diktiert. Er wollte an dem Tag, an dem er die Bekanntschaft einer Frau machen würde, ungehindert ausgehen können, ohne daß man ihm Vorhaltungen machte.

Jean Michelez kam seinem Bruder, den er als Kind verlassen hatte und dem er jetzt als Mann wiederbegegnete, allmählich näher. Stolz darauf, sich in einer großen Stadt mühelos zu bewegen, schlug er ihm vor, Denkmäler und Museen zu besichtigen, und war entzückt, wenn er hörte, wie jener sich begeisterte. Er war glücklich, einen jungen Mann neben sich zu haben, sich um dessen Erziehung zu kümmern, ihm die Augen zu öffnen und den Unterschied zwischen dem Leben in Lagny und dem in Paris zur Geltung zu bringen. Eines Morgens kündigte Jean seinem Bruder an, daß er im Laufe des Nachmittags mit ihm über ernsthafte Dinge sprechen werde. Gegen vier Uhr nahm er ihn mit in ein Café.

– Hör zu, Philibert, begann er, Papa hat mich darum gebeten, für dich eine Stelle zu finden. Das ist unmöglich. Du hast weder eine Ausbildung noch besondere Fähigkeiten. Es ist sehr angenehm, so zu leben, wie wir leben, aber wir sind Männer, nicht wahr? Und man muß an die Zukunft denken. Das Leben eines Junggesellen ist ganz hübsch, aber man muß sich ein Zuhause schaffen. Hast du ans Heiraten gedacht? Nein, ich auch nicht.

Jean lächelte, als er diese letzten Worte sagte. Was er besonders genoß, war, sein Leben (er war sieben Jahre älter als sein Bruder) für ebenso jung wie das von Philibert zu betrachten. Während er sprach, stellte er sich wirklich vor, selbst vierundzwanzig Jahre alt zu sein. Das war ihm angenehm. Er hatte auf diese Weise den Eindruck, keine Zeit verloren zu haben, und da ihn nie jemand nach seinem Alter fragte, warum sollte er nicht glauben, vierundzwanzig Jahre alt zu sein? Er fuhr fort:

– Aber laß uns nicht vergessen, daß wir keine Kinder mehr sind. Daher habe ich folgendes beschlossen: Anstatt vor uns hin zu vegetieren, wie wir es tun, werde ich mich als Bauunternehmer niederlassen. Ich werde ein Büro im Zentrum mieten und Räume in einem entlegeneren Bezirk, wo ich meine Baustoffe lagern werde. Zu Beginn werden wir so verfahren, daß wir diese nach und nach ankaufen. Und so wird das Haus Michelez langsam wachsen. Es gibt natürlich auch einen Posten, der extra für dich vorgesehen ist.

Es war Juli. Die beiden Brüder brachen einige Tage später nach Nancy auf, um dem Vater die gute Nachricht zu überbringen. Als sie auf der Rückfahrt in einem Zugabteil saßen, in dem die Reisenden eingenickt waren, wandte sich Philibert, der in der Folge der langen Gespräche mit seinem Vater und Jean, bei denen er nichts verstanden hatte, plötzlich irgend etwas befürchtete, unvermittelt an seinen Bruder. Nachdem er einige unzusammenhängende Worte gestammelt hatte, gestand er schließlich, daß er eine Frau liebe und ihm das nicht verheimlichen wolle.

– Das hättest du früher sagen sollen. Wir haben keine Geheimnisse voreinander. Was macht sie?

– Sie ist ein sehr anständiges junges Mädchen. Sie wohnt bei ihren Eltern.

– Dann lade sie doch einmal ein. Du wirst mich vorstellen. Kennst du ihre Eltern?

– Aber ja, natürlich.

Dann wechselte Philibert das Thema.

Zwei Tage waren seit der Rückkehr der beiden Brüder nach Paris vergangen, als Philibert den älteren um ein bißchen Taschengeld bat und ihm ankündigte, daß er nicht vor Mitternacht heimkehren würde.

– Ich habe sie ins Kino eingeladen.

– Lassen ihre Eltern sie abends so einfach ausgehen?

– Natürlich, da sie wissen, daß sie mit mir ausgeht. Ich werde sie im übrigen zu Hause abholen.

– Und was macht ihr Vater?

– Ich weiß nicht. Nach dem, was sie mir gesagt hat, ist er ein großer Industrieller.

– Warum lädst du dieses Mädchen nicht hierher ein? Wie heißt sie?

– Sie heißt Mariette.

– Mariette?

– Nun... ja... ja... Mariette.

– Du weißt nicht, wie sie heißt?

– Doch... Mariette.

– Mariette wie?

– Mariette.

– Ihren Familiennamen meine ich.

– Ach so? Ja... ja... Mariette, sie heißt Mariette Milet.

– Milet? Das ist ein komischer Zufall. Wir heißen Michelez und sie heißt Milet.

– Wieso komisch?... das ist ganz einfach... sie heißt so.

Nach dieser Unterhaltung hütete sich Philibert, abends wegzugehen. Jean hatte diese Geschichte bald vergessen. Obwohl er verschlossen war, wachte er fröhlich auf. Er zog sich eilends an, klopfte an die Tür seines Bruders und forderte ihn auf, schnell aufzustehen, um auszugehen. Letzterer antwortete: »Ja, gleich.« Singend erwartete ihn Jean im Eßzimmer. Nach einer Viertelstunde, da sein Bruder nicht kam, klopfte er erneut an die Tür. Philibert war wieder eingeschlafen.

Eines Morgens klopfte Jean Michelez wie gewöhnlich an Philiberts Tür. Niemand antwortete. Er klopfte stärker. Es kam weiterhin keine Antwort. Im Zimmer blieb es still. Er öffnete die Tür. Das Bett war leer. »Das verstehe ich nicht«, dachte der junge Architekt, »er ist gestern abend um zehn Uhr ins Bett gegangen. Er hat also gewartet, bis ich schlief, um auszugehen. Es steht ihm doch frei, auszugehen, wann immer er will. Er muß sich nicht verstecken. Ich werde ihm auflauern. Ich rühre mich nicht von der Stelle, bevor er nicht zurückkehrt. Das sind Kindereien.« Die Geschichte von Mariette kam ihm wieder in den Sinn. »Jetzt verstehe ich seine Verwirrung. Dieses sogenannte Mädchen aus guter Familie ist ein leichtes Mädchen, bei der Monsieur die Nacht zubringt.«

Jean schloß die Tür des leeren Zimmers. Es war ein herrlicher Vormittag. Die Sonne, die in die Zimmer drang, war bereits warm. »Es ist doch ärgerlich, bei einem solchen Wetter hier Wache zu halten. Man hat Lust zu laufen, frische Luft zu atmen.« Der Architekt befand sich in seinem Arbeitszimmer. Plötzlich artikulierten seine Lippen den einfachen Ausruf: »Oh!« Eine Schublade des Sekretärs stand offen, genau diejenige, in der er die 40000 Francs aufbewahrte, die ihm sein Vater vor einigen Tagen von seinem Erbteil gegeben hatte, um sein Geschäft zu eröffnen.

Am folgenden Tag wurde Jean Michelez krank und mußte das Bett hüten. Sobald er aufzustehen versuchte, fühlte er auf der rechten Seite einen solchen Schmerz, daß er sich sofort wieder hinlegte. Er konnte nicht das leiseste Geräusch noch den kleinsten Schrei ertragen. Manchmal wachte er nachts plötzlich auf und glaubte, bei der Erinnerung an das, was geschehen war, zu träumen.

Sobald er sich erholt hatte, begab er sich nach Nancy. Bei seiner Ankunft sah er seinen Vater, der ihn erwartete, mit verärgerter Miene und auf dem Rücken verschränkten Händen auf dem Bahnsteig auf und ab gehen. Er war ein kleiner, untersetzter Mann. Er trug einen Jagdanzug. Seine Beine, kurz und muskulös, waren gebogen. Wenig darum besorgt, dieses Gebrechen zu verbergen, trug er französische Leggins aus schwarzem weichem Leder, die sich um die Waden schlossen und wie Stiefelchen vorne zu schnüren waren. Dieser Tierarzt sah nie ein Tier an. Man konnte in seiner Gesellschaft auf Hunde, Rinder, Pferde stoßen, er schenkte ihnen nie auch nur den geringsten Blick. Ihm genügte es nicht, sich nicht erweichen zu lassen, das war nur normal. Man mußte, was die Tiere betraf, weiter gehen, bis zur völligen Gleichgültigkeit. Er hatte ein wenig das Aussehen von Lehrern, Ärzten und Notaren vom Land, das heißt ein Gesicht, auf dem das Studium einen Hauch Frische zurückgelassen hat, die Wind, Wetter und Sonne nicht vollständig ausgelöscht haben, und sein Körper schien die Spuren schwerer körperlicher Arbeit und langer Wege zu tragen, ließ aber unter der Kleidung noch seine weiße Haut und seine mangelnde Eignung für dieses Leben durchscheinen.

– Nun, was ist geschehen? fragte er sofort, während er stehenblieb und seinem älteren Sohn starr in die Augen blickte.

Jean erzählte ihm sofort alles, wobei er besonders die Tatsache hervorhob, daß er die Freundin von Philibert hatte kennenlernen wollen. Monsieur Michelez hörte sich diesen Bericht an, ohne ihn ein einziges Mal zu unterbrechen, anscheinend nur darauf bedacht, seine Gefühle nicht zu verraten. Aber als Jean geendet hatte, wurde er, anstatt weitere Erklärungen zu verlangen, wie seine interessierte und eisige Haltung vermuten ließ, plötzlich von einem unerhört heftigen Tobsuchtsanfall gepackt.

– Wie, schrie er, du willst mich glauben machen, daß dieses Kind zu stehlen fähig ist! Mich, seinen Vater, willst du das glauben machen? Wenn du schon dabei bist, sag mir bloß noch, daß er versucht hat, dich umzubringen. Also wirklich, alles, was recht ist. Ein Junge, der nach drei Jahren Militärdienst ohne eine einzige Strafe zurückkehrt, von seinen Vorgesetzten geschätzt, und du willst mir diese Geschichte weismachen! Gib lieber zu, daß du die 40000 Francs beim Zechen mit deinen schmutzigen Weibern in Paris durchgebracht hast. Es wird alles rauskommen. Philibert wird zurückkommen. Wenn er mit einem Mädchen durchgegangen ist, entspricht das seinem Alter, aber er wird zurückkommen. Was wirst du dann zu sagen wissen?

Monsieur Michelez hatte immer eine Schwäche für seinen jüngeren Sohn gehabt. Trotz aller Lügen und Heimlichtuereien stand ihm dieses Kind nahe, das er für einfacher, weniger egoistisch, weniger ehrgeizig als den älteren hielt. Er wurde noch wütender.

– In wenigen Monaten ist es dir gelungen, Philibert zu verlieren. Anstatt ihn zu beraten, ihn zu überwachen, hast du das Boot im Wind treiben lassen. Hübsch, was du getan hast. Was die 40000 Francs angeht, ich habe keine Beweise, aber merk dir das gut, ich werde Beweise finden.

Er stieß seinen Stock in den Boden.

– Ich werde sie finden!

Der Zug, mit dem Jean gekommen war, war soeben abgefahren. Mit seinem Stock in diese Richtung zeigend, tobte der Vater weiter:

– Das alles ist deine Schuld, Jean. Es ist deine Schuld, Jean, ich frage mich, was du da tust, in Paris. Los, du siehst den Zug, lauf hinterher, lauf… lauf… Geh zurück, woher du kommst. Los… los… lauf, sag ich dir. Ich will dich nicht mehr sehen. Hast du verstanden. Ich will dich nicht mehr sehen.

Jean versuchte, seinen Vater zu beruhigen. Es war vergeblich. Je mehr er sagte, desto hitziger wurde Monsieur Michelez und drohte dem Himmel mit seinem Stock. Plötzlich wurde sein Gesicht dunkelrot. Seine vom Albumin gelb gefärbten Augen verschleierten sich grau. Er preßte nervös die Lippen aufeinander, deutete auf den schon fernen Zug.

– Lauf schon hinterher, schrie er schließlich.

Und da für ihn das Leben in Paris nicht seriös war, fügte er, um das Geräusch einer Lokomotive zu imitieren, das ebenso lächerlich, ebenso eitel wie das Treiben in der Stadt war, hinzu:

– Tschu… tschu… tschu…

Jean wollte ihn anflehen, zu herzlicheren Gefühlen zurückzufinden. Er kam nicht dazu. Sein Vater, der ihm brüsk den Rücken zugewandt hatte, ging mit großen Schritten in Richtung der Sperre davon.

Einige Jahre vergingen, ohne daß Jean Michelez irgendeine Entscheidung traf. Aus Mangel an Kapital hatte er die geplante Unternehmensgründung auf später verschoben. Manchmal bat man ihn um Ratschläge. So lebte er von ziemlich unbestimmten Einkünften, von Arbeiten für niedergelassene Architekten, von Expertisen für Kunden, die fürchteten, anderswo betrogen worden zu sein.

Dann begann der Krieg. Der Architekt war zu der Zeit dreiunddreißig Jahre alt. Er war seit sechs Monaten eingezogen, als ihm eine Kugel den Arm durchschoß und die Nerven, die die linke Hand führen, durchtrennte. Infolge dieser Verletzung wurde er ausgemustert.

Wieder in Paris, begann für ihn die schmerzlichste Zeit seines Lebens. An einem Sommerabend im Jahre 1915 machte er beim Lesen des Kommuniqués, das an diesem Tag für die französischen Truppen Günstiges berichtete, die Bekanntschaft einer sehr schönen, wenn auch streng aussehenden Frau, die wie er die neuesten Nachrichten erfahren wollte. Sie war dunkel gekleidet und mochte um die dreißig Jahre alt sein. Sie schenkte den Offizieren, den Soldaten, die sie bei diesem Gedränge streiften, keinerlei

Beachtung. Sicherlich hatte die Aussicht auf einen Sieg, der das Ende des Krieges bringen würde, sie dazu gedrängt, das Wort an ihren Nachbarn zu richten, der eben Jean Michelez war. Er begleitete sie nach Hause, während er ihr zuhörte. So erfuhr er unterwegs, daß sie mit einem Arzt verheiratet war, der an der Front war.

Denise Vannier (so hieß sie), praktisch, klug, autoritär, aber gutherzig, hegte für ihren Mann grenzenlose Liebe und Bewunderung. Sie lebte für ihn; wenn er weg war, sprach sie nur von ihm. Die Streitigkeiten, zu denen es zwischen ihnen gekommen war, hatten sich immer sofort wieder gelegt. Sie hatten keine Kinder. So verwöhnten sie sich gegenseitig, überboten sich im Erfinden von Aufmerksamkeiten, von Liebesbeweisen. Sie schrieben sich jeden Tag, trennten sich auf der letzten Seite mit denselben Worten, die sie sich vor dem Einschlafen sagten, und fanden sich tags darauf im nächsten Brief wie bei einem Aufwachen wieder.

Sie willigte trotzdem ein, Jean Michelez wiederzusehen, nicht ohne ihm offen gesagt zu haben, daß sie zu sehr litt, wenn sie allein war, und daß sie sich lieber einem Fremden als einem ihr Nahestehenden anvertraute. Die ersten Begegnungen hatten etwas sehr Förmliches. Man hätte meinen können, es seien von Dritten arrangierte Verabredungen. Denise sprach die ganze Zeit, war fröhlich, je nachdem, ob sie von ihrem Mann einen Brief erhalten hatte oder nicht, erzählte, was er ihr geschrieben hatte, was sie ihm antworten würde. Er hörte andächtig zu, dann begleitete er sie bis zur Tür ihrer Wohnung in der Rue Thouin. Sie lachte nie. Manchmal jedoch empfing sie ihn mit einem freundlichen Lächeln. Es war Jean ein wenig unangenehm, der Begleiter einer Frau zu sein, deren Mann jeden Tag sein Leben riskierte. Sie war ihm gegenüber aber so kalt, so distanziert, die Gespräche kreisten um Themen, die so viel mit dem Abwesenden zu tun hatten, wenn es nicht überhaupt nur um ihn ging, daß es ihm vorkam, als handle er trotz seines Unmuts nicht falsch.

Eines Abends kam sie, wie ihm schien, mit einem ausgeruhteren Gesicht als gewöhnlich, sogar mit etwas wie Fröhlichkeit im Blick. Der Sommer ging seinem Ende zu.

– Man hat mir versichert, sagte sie sofort, daß es zum Herbst vorbei sein wird, daß die Männer keinen zweiten Winter durchstehen können.

Denise, die bis zu diesem Tag nur von ihrem Mann oder sich gesprochen hatte, wurde Jean gegenüber neugierig, stellte ihm Fragen, fragte ihn nach Einzelheiten in seinem Leben. Der Architekt hatte gerade begonnen, vom Diebstahl seines Bruders zu berichten, als Denise ihn plötzlich unterbrach:

– Seien Sie so nett. Hören Sie mir zu. Sie können gleich fertigerzählen. Ich muß an das denken, was mir vorhin jemand versichert hat. Glauben Sie, daß der Krieg vor dem Winter zu Ende sein könnte? Sie können sich nicht vorstellen, wie ich in den windigen und eisigen Nächten leide. Ich denke an ihn. Ich sage mir: »Er liegt vielleicht im Freien. Vielleicht ist er unfähig, zu gehen. Er ist verletzt. Die Männer seiner Kompanie wissen es nicht und können ihm nicht zu Hilfe kommen.« Und ich wage nicht, das Fenster zu öffnen, so sehr macht mir die Dunkelheit Angst. Ich schreie, wissen Sie, wenn ich die Schwärze vor mir sehe und wenn ich denke, daß er da irgendwo draußen ist, in dieser Nacht, während er bei mir sein könnte, wo es warm ist, wo er geliebt wird und umsorgt. Ich schwöre Ihnen, daß der Morgen für mich eine Erlösung ist. Dann erst schlafe ich ein.

Andere Male, wenn sie zuversichtlicher war, kam es vor, daß sie von den kleinen Fehlern ihres Mannes sprach.

– Ah! Er war nicht immer einfach. Er wurde manchmal böse wie ein Flegel. Aber das hielt nicht lange vor. Ich brauchte nur zu schmollen, und schon kam er, ganz brav, und wollte mich umarmen. Und wissen Sie, was ich dann tat? Ich sagte zu ihm: »Nein, mein Kleiner, das ist zu einfach. Du sagst mir die schlimmsten Sachen und brauchst dann nur ein nettes Gesicht zu machen. Nein, heute nicht.« Hatte ich nicht recht, Monsieur Michelez?

Jean Michelez stimmte zu. Aber er fühlte zunehmend eine Art Schmerz, jenem vergleichbar, den Eifersucht verursacht, weniger heftig zwar und gleichzeitig unangenehmer, da er nicht wußte, wie er dagegen ankämpfen sollte.

Eines Abends brachte er ihr Blumen mit. Sie nahm

sie lachend entgegen und legte zum Dank ihre Hand auf die seine, wobei sie sagte:

– Sie sind ein Verrückter!

Um neun Uhr verließ er sie ganz bewegt.

Das Bild des Majors, von dem diese Frau so viel gesprochen hatte, daß er ihn besser kannte als er sie kannte, von dem er Einzelheiten wußte, die er von ihr nicht kannte, verflüchtigte sich dennoch im Nebel. Denise stand vor seinem Auge, als wäre sie allein auf der Welt. Sie war lebendig. Ihr Mann existierte nicht mehr oder existierte zumindest nur als Bild aus Worten, wie ein Verwandter, der seit Jahren tot ist.

Am folgenden Tag kam Denise zur Verabredung, als wäre am Vorabend nichts geschehen, mit ruhigem und ausgeruhtem Gesicht. Jean betrachtete sie, als könne sie ihm eines Tages gehören.

– Nun, Denise?

Das war das erste Mal, daß er sie bei ihrem Vornamen zu nennen wagte. Sie war nicht überrascht und antwortete lächelnd:

– Nun, Monsieur Jean?

– Da sind wir nun! sagte er.

– Da sind wir nun, wiederholte sie, wobei sie ihre Handflächen vorzeigte, als hätte man sie beschuldigt, etwas zu verstecken. Sie versteckte nichts. Sie liebte ihren Mann und liebte nur ihn.

– Ich habe Angst, sagte Denise plötzlich, als die Sirenen zu heulen anfingen, ich werde nach Hause gehen.

Diese Worte ließen den Architekten erstarren. Seine Begeisterung war dahin. Er sah auf die Uhr.

– Es ist erst neun Uhr.

– Ich gehe nach Hause... ich gehe nach Hause. Ich habe heute keinen Brief bekommen, und ich will nach Hause gehen.

Eine Viertelstunde später nahm sie von ihm Abschied mit diesen Worten, denselben, die sie jeden Abend sagte:

– Sie kommen also morgen?

Jean Michelez ahnte nicht, daß es das letzte Mal war, daß er diese Frage aus dem Mund von Denise hörte. Am folgenden Tag wartete er in der Tat vergeblich auf die junge Frau. Eine Woche lang begab er sich jeden Abend in das Café, wo sie sich gewöhnlich getroffen hatten, aber jeden Abend ging er um neun Uhr, wenn geschlossen wurde, allein weg. »Ihr Mann ist auf Urlaub gekommen«, dachte er beim Gehen, »sobald er wieder weg ist, wird sie kommen.« Ein Monat verging; Jean versäumte es keinen Abend, ins Café zu gehen, aber Denise erschien kein einziges Mal. Auf seine Hoffnungen war eine tiefe Niedergeschlagenheit gefolgt. Er wünschte nichts, lebte, ohne sich um die Ereignisse zu kümmern, einzig damit beschäftigt, um das Café herumzustreichen. Die Rue Thouin, in der Denise wohnte und wohin er sie so oft begleitet hatte, war ganz nah. Eine dunkle Furcht hielt ihn davon ab, hinzugehen, denn tief in seinem Innern erklärte er das Verschwinden der jungen Frau mit der Heimkehr ihres Mannes. Er war vielleicht ausgemustert worden oder auf Genesungsurlaub. Jean Michelez fürchtete mehr als alles, ihnen Arm in Arm zu begegnen. Einen Monat später aber hielt er es nicht mehr aus. Er begab sich in die Rue Thouin, ging an dem Haus vorbei, in dem sie wohnte, ging erneut vorbei, blieb mal an dem einen, mal an dem anderen Straßenende stehen, betrachtete die Fenster vom ersten bis zum sechsten Stock, da sie ihm nie hatte sagen wollen, welche Etage die ihre war. Nirgends waren die Fensterläden geschlossen. Sie befand sich sicherlich in Paris.

Eines Morgens, als er soeben in die Rue Thouin einbog, sah er eine Frau in tiefer Trauer aus dem Haus von Denise kommen und auf ihn zugehen. Er blieb stehen. Plötzlich stockte ihm der Atem, und er errötete innerhalb einer Sekunde bis an die Ohren. Er hatte Denise erkannt. Sie kam auf ihn zu. Ihr schmaler gewordenes Gesicht war bleich. Ihre Augen schienen größer, ihre Lippen leblos. Sie ging steif, als habe sie mehrere Wochen gelegen. Ihre schwarz behandschuhten Hände verloren sich im Schwarz ihres Kleides. Die Schultern waren gerade und hochgezogen. Sie kam noch immer näher. Jean atmete mit halb offenem Mund in kurzen Stößen, ein wenig so, als keuchte er. Sie war einige Meter von ihm entfernt. Sie sah ihn an, schien ihn nicht zu erkennen, ging an ihm vorbei, ohne daß sich irgend etwas an ihr, in ihrem Gesicht, bewegt hätte.

Einige Monate nach dem unerwarteten Ende dieser Verbindung fuhr Jean Michelez nach Nancy, zu dieser Zeit mitten im Militärgebiet gelegen, da ihm sein Vater geschrieben hatte, daß er ihn sehen wolle. Während eines Fronturlaubs hatte Philibert seinem Vater die Wahrheit gestanden. So hatte dieser eingesehen, daß er seinem älteren Sohn Unrecht getan hatte, und ihn eingeladen, eine oder zwei Wochen bei ihm zu verbringen. Wieder in Paris, baute Jean mit dem Geld, das ihm Monsieur Michelez ein zweites Mal vorgestreckt hatte, nach und nach umsichtig sein Unternehmen auf. Er hatte keine Angestellten. Er war gewissenhaft, übergenau. Zum Zeitpunkt der Unterzeichnung des Waffenstillstandsvertrages lief das Geschäft bereits gut. Aber während der folgenden Jahre wußte er nicht mehr, wo ihm der Kopf stand. Von allen Seiten erhielt er Aufträge. Er war gezwungen, eine Warteliste aufzustellen. Seine Kunden waren so zahlreich, daß der letzte manchmal zwei Monate warten mußte, bis er sich mit ihm zu befassen begann.

1924 starb sein Vater. Erneut begab er sich nach Nancy und stand zum ersten Mal wieder seinem jüngeren Bruder gegenüber. Philibert hatte sich verändert. Der Krieg hatte ihn offener, übermütiger gemacht. Die beiden Männer sprachen jedoch nicht miteinander. Beim Verkauf des Bauernhofs, der kurz nach der Beerdigung von Monsieur Michelez stattfand, machte er die Bekanntschaft von Antoinette Rigal. Sie war die Tochter eines reichen Grundbesitzers aus der Reihe der möglichen Käufer des Bauernhofes, 35 Jahre alt, und schien zur Ehelosigkeit bestimmt. Ziemlich kräftig, mit männlichen Gesichtszügen, hatte sie sich einzig darum gekümmert, ihren Vater zu verwöhnen, dessen Frau bei der Geburt ihrer Tochter gestorben war. Monsieur Rigal hatte über sie nicht nur die Macht eines Vaters, sondern ein wenig die eines Ehemannes ausgeübt, so daß Antoinette jedesmal, wenn sie sich in Gegenwart eines Mannes befand, wenn sie ihm zuhörte, wenn sie begann, sich für seine Worte zu interessieren, fast das Gefühl hatte, ihren Vater zu betrügen. Im Umgang mit dem Vater hatte sie sich mit den Gewohnheiten der Männer, ihrer Kleidung, ihren Vorlieben vertraut gemacht und hatte schließlich fast die Züge einer verheirateten Frau angenommen. Ohne daß sie sich dessen bewußt war, hatte sie deren Art zu sprechen, sich zu beklagen, sich zu vergnügen, ohne jemals wem auch immer angehört zu haben. Man konnte vor ihr zweideutige Geschichten erzählen, die sie zu verstehen schien – sie lächelte. Auf diese Weise verbarg sie, was an dieser verlängerten Ehelosigkeit unnormal hätte sein können. Beschämt darüber, eine alte Jungfer zu sein, verwandte sie all das, was sie bei der Pflege ihres Vaters, beim Befehligen der Dienstboten und bei der Haushaltsführung gelernt hatte, darauf, sich den Anschein einer wirklichen Frau zu geben. Als Jean um ihre Hand anhielt, antwortete sie daher, wie es eine Witwe oder eine geschiedene Frau getan hätte, ruhig und überlegt und sah dieser Verbindung, wie es schien, wie einer geschäftlichen Angelegenheit entgegen. In Wirklichkeit war sie tief bewegt. Obwohl sie sich zwang, mit den Gewohnheiten des Mannes in jeder Hinsicht vertraut zu erscheinen, fühlte sie sich vor Jean Michelez ganz verloren, bemühte sich aber, ihn das nicht merken zu lassen, weil sie das in ihrem Alter für lächerlich gehalten hätte. Der Unternehmer reiste mehrmals nach Nancy, bevor sie einwilligte, denn obwohl sie darauf brannte zu heiraten, wollte sie ihren Verlobten glauben lassen, daß es ihr darum nicht ging – wenn anders sie nicht auf ihn gewartet hätte. Sie hatte die Haltung einer Frau angenommen, die zögert, sich wieder zu verheiraten, weil sie in einer ersten Verbindung gelitten hat. Schließlich willigte sie ein und zog kurz nach der Hochzeitsfeier, die in Nancy stattfand, mit ihrem Mann nach Paris. Er begann sogleich mit der Errichtung der Villa *La vie là* in Neuilly. Wenige Monate später waren die Eheleute Michelez eingerichtet. Kurz darauf, im Abstand von einem Jahr, wurden zwei Mädchen geboren...

Vier Jahre vergingen. Jean Michelez trug jetzt eine Brille mit Goldrand wie Schiebelhut. Die Leibwäsche war der einzige Teil der Kleidung, der er Bedeutung beimaß. Jeden Morgen legte seine Frau ein weißes Hemd in sein Zimmer, das er sorgfältig prüfte. Wenn er es angelegt hatte, genügte ein Nichts, daß er es wieder auszog und ein anderes verlangte. Er trug immer einen dunklen, von einem kleinen Schneider nach Maß gefertigten Anzug, wobei er mehr auf die Qualität des Stoffes als auf den Schnitt achtete. Diese Neigung seines Charakters zeigte sich auch in seinen Geschäften. Er setzte alles daran, um bei unbekannten Firmen Baumaterialien erster Wahl zu finden, Materialien, von denen er versicherte, sie seien dieselben, wenn nicht bessere als die der bedeutenden Firmen wie Lebert oder Vercamen, die seiner Meinung nach mehr um Präsentation als um Qualität bemüht waren. Seine ganze Person atmete Gesundheit, Liebe zum Detail, das Bedürfnis, seine Kundschaft zufriedenzustellen, in Gesellschaft zu gefallen, Ordnung und Rechtschaffenheit. Ordnung war in seinen Augen die wichtigste Eigenschaft jedes Geschäftsmanns. Unordnung entdeckte er selbst bei denjenigen seiner Freunde, die am besten organisiert waren. Denn er hatte seine Manien. Wenn ein anderer nicht dieselben hatte, dann zeugte das für ihn von unvorstellbarer Unordnung. So konnte er es nicht ertragen, daß man irgend etwas auf einen Kamin stellte. Für ihn mußte der Kaminaufsatz (beispielsweise eine Standuhr zwischen zwei Bronzekerzenständern) alleine stehen. Es waren immerhin Kunstgegenstände, deren Wert man minderte, wenn man sie mit irgendwelchen Dingen umgab. Wenn er einem Kunden oder einem Freund einen Besuch abstattete und Flacons auf dessen Kamin entdeckte, und waren sie auch sorgfältig der Größe nach aufgereiht, schloß er daraus, daß diese Leute keine Ordnung hatten, und vermutete das Schlimmste in den Zimmern, die er nicht betrat. Wie konnte man auf die Idee kommen, den Anblick eines solchen Gegenstands durch die Nachbarschaft von Flacons zu verderben! Wer käme auf den Gedanken, weiße Holzstühle in einen Salon zu stellen!

Jean Michelez sprach wenig. Jetzt, da nach einer monotonen Existenz seine Kräfte nachließen, hatte er nurmehr ein Ziel: Geld zu verdienen und keines auszugeben. Man hatte sich genug über ihn lustig gemacht. Es gab doch eine Gerechtigkeit auf Erden. Jetzt war es an ihm, hart zu sein. Ohne sichtbare Größe, verschlossen, immer in der Defensive, neigte er dazu, zu glauben, daß seine Gesprächspartner ihn zu täuschen versuchten. Auch wenn die Unterhaltung um ein Thema kreiste, das wirklich nicht dazu angetan war, ihn fürchten zu lassen, daß man von ihm irgendeinen Dienst erwartete, blieb er mißtrauisch. Wenn Monsieur Dausset, ein Mann in einer mindestens ebenso wichtigen Position wie er selbst, ihm sagte, daß Madame Auriol, eine Nachbarin, einst sicher ein großes Vermögen besessen habe – das könne man an winzigen Kleinigkeiten sehen –, wurde er schon argwöhnisch. Wenn Monsieur Dausset zu ihm in diesen Worten von Madame Auriol sprach, dann doch sicher deshalb, weil er für letztere eine gewisse Neigung empfand und ihn, Jean Michelez, dazu bringen wollte zu tun, was er, Dausset, der Geiz in Person, nicht tun wollte? Dann wechselte der Unternehmer das Gesprächsthema. Er hatte darin übrigens Übung. Es genügte, daß sich eine Unterhaltung in die Länge zog, und schon kam es ihm vor, als braue sich etwas zusammen. Er beeilte sich, ein anderes Thema zu finden. Man hätte meinen können, daß nur Sprunghaftigkeit ihm Sicherheit bot.

Jean Michelez hatte das deutliche Gefühl, daß er nie von irgend jemandem geliebt noch verstanden und daß er von allen glücklichen Ereignissen ausgeschlossen worden war. Hatte er nicht als Kind bemerkt, daß man für seinen Bruder immer mehr getan hatte als für ihn? Und hatten ihn Schiebelhut und Denise Vannier nicht lächerlich gemacht? Er zweifelte nicht an der Zuneigung, die ihm seine Frau entgegenbrachte. Aber hätte sie zwischen ihm und ihrem Vater gezögert? Es war eine Vernunftheirat. Man brauchte ihr deshalb nicht einmal böse zu sein. Bei seinen Fahrten nach Nancy, er erinnerte sich noch gut, hatte er nicht das geringste Gefühl verspürt. »Sie wird einwilligen. Wenn sie nicht einwilligt, ist das nicht schlimm«, hatte er jedesmal im Zug gedacht. Gerade weil er sie nicht begehrt hatte, hatte sie eingewilligt. Verband man sich schließlich nicht mit ihm, weil er in einer beneidenswerten Position war? Warum hatte er denn sonst so viele Freunde, eine Frau, warum so viele Beschäftigungen, während er damals allein in Paris nicht einmal einen Nachbarn fand, dem er sich anvertrauen konnte? Er wurde allmählich alt. Und dennoch sprach man mit ihm wie mit einem jungen Mann. Ohne Zweifel waren alle eigennützig. Nun, dann war er es, dann wollte auch er es sein. Ein Rest von Frische ließ ihn sich bemühen, seine wahren Gedanken nicht sichtbar werden zu lassen. Anderen gegenüber blieb er liebenswürdig und lächelte, was seiner Person einen zweideutigen Ausdruck verlieh. Denn in bestimmten Momenten drangen seine Gedanken schließlich doch durch und erzeugten zusammen mit seiner äußeren Erscheinung etwas Peinliches. »Man weiß nie, was er denkt, ob er Lust hat, einen zum Teufel zu jagen oder einen in die Arme zu schließen«, sagte man von ihm. In dem Augenblick, da ein Kollege, den er soeben verletzt hatte, sich anschickte, ihn mit dem Gedanken: »Wie unsympathisch er ist!« zu verlassen, hellte sich das Gesicht von Jean Michelez einige Minuten lang auf; als wolle er um Verzeihung bitten, konnte er gar nicht genug vorbringen, um seinem Kollegen zu gefallen. Angesichts dieser veränderten Haltung wurde dieser nachsichtig und fand sogar ein wenig Vergnügen daran zu bleiben. Aber es war immer nur ein Strohfeuer. Gleich darauf zeichnete sich wieder ein merkwürdiger Ausdruck auf dem Gesicht des Unternehmers ab. Dabei sprach er jedoch wie ein sentimentaler Liebhaber, der sich plötzlich gekränkt fühlt, ohne Feuer, äußerte ebenso freundliche Worte wie die vorangegangenen, aber geistesabwesend, derart geistesabwesend, daß es ihm nie in den Sinn kam, daß man seine Stimmungsumschwünge bemerkte.

Als Jean Michelez vor seiner Villa angekommen war, betrachtete er sie einige Zeit. Es war ein einstöckiges Haus, aus groben Steinen erbaut, einem Landhaus ähnlich. Dann untersuchte er die Metallstange der Klingel, die mit zwei Ringen an der Mauer befestigt war, durch die sie, wenn man klingelte, quietschend hindurchlief. Er zog daran. Sie hakte. Er zog stärker. Schließlich ertönte in der Villa ein Klingeln. Ohne Madeleine, das Dienstmädchen (Antoinette nannte sie Mado) anzusehen, die ihm öffnen kam, da die Tür Tag und Nacht sorgfältig mit einem Vorhängeschloß verschlossen war – er hatte gewünscht, daß man in den Garten ebenso schwer wie in die Wohnung eindringen konnte –, untersuchte er weiterhin die Metallstange.

– So ist es, murmelte er, man wendet sich an die bedeutendsten Firmen und wird genauso betrogen. Ich werde ihnen schreiben. Sie werden sich was einfallen lassen müssen. Sie werden sehen, was es sie kostet, schlechte Arbeit zu liefern. Schlosser! Und so was nennt sich Schlosser!

Madeleine war, nachdem sie geöffnet hatte, zurückgegangen, nicht ohne ihren Hausherrn mit einem sehr gleichgültigen »Bonjour, Monsieur« begrüßt zu haben. Sie war ein achtzehnjähriges Mädchen, das die ganze Zeit über nur an die Beziehungen dachte, die es eines Tages mit einem Mann haben würde, und so intensiv daran dachte, daß ihre kleinsten Gesten wie die eines Automaten waren und ihr Blick der einer Schwärmerin. Jean Michelez betrat den Garten und ließ, bevor er die Tür schloß, befriedigt das Tenax-Schloß spielen. Es war die beste Marke; nachdem das Haus fertiggebaut war, hatte er darauf bestanden, daß es gut gesichert sei. Schließlich ging er durch den Garten auf die Villa zu, warf dabei nicht einmal einen Blick auf die Veranda, wo sich, wie er doch wußte, seine Frau aufhielt. Nicht aus Gleichgültigkeit oder Zerstreutheit handelte er so, sondern ganz im Ernst. Die ersten Worte, die er mit Antoinette wechselte, waren nie ein Willkommensgruß. Er bat um irgendeine Auskunft: »Ist Dausset gekommen?« oder »Gibt es einen Brief für mich?«, oder er stellte die eintönige Frage, die immer mit einem Kopfschütteln beantwortet wurde: »Gibt's was Neues?«

Mitten auf der mit Kieselsteinen bestreuten Allee blieb der Unternehmer erneut stehen, um dieses Mal einen der kleinen Bögen, die den Weg einfaßten, zu begutachten, der halb aus der Erde herausgekommen war. Er richtete ihn gerade, drückte ihn dann unter Flüchen mit dem Absatz in die Erde. Die Blumenbeete und Bäume ließen ihn gleichgültig; nur die behauenen Steine und das Eisen interessierten ihn. Jean Michelez stieg die wenigen Stufen, die zur Terrasse seiner Villa führten, hinauf. Diese war wie ein Schloß von einer achtzig Zentimeter hohen und gezinnten Mauer eingefaßt. Hohle Eisenrohre verbanden die Zinnen untereinander. Aber anstatt in den Zement eingemauert zu sein, lagen sie wie die Metallstange der Klingel in einer Verkleidung, die ihrerseits in den

Zement eingelassen war. Dieses anscheinend unbedeutende Detail offenbarte den Geist des Unternehmers. Es gibt Bäcker, die für ihre Familie Spezialbrote backen, Sattler, deren Brieftasche keiner anderen gleicht. Als Architekt und Unternehmer hatte Jean Michelez, was seine Villa betraf, Vollkommenheit erreichen wollen, eine Vollkommenheit, die, wer nicht vom Fach war, nicht für möglich gehalten hätte. Alles war genauestens vorbedacht, erwogen, berechnet worden. Und diese Metallrohre, die man so einfach direkt in den Zement hätte einlassen können, konnten sich jetzt in der Sonne ausbreiten. Dank der Umkleidungen waren die Zinnen nicht der Gefahr ausgesetzt, zu bersten.

– Du kommst nicht zu früh, sagte seine Frau, als sie ihm entgegenkam.

– Ich komme nicht zu früh? Was soll das heißen, ich komme nicht zu früh? Ich muß nicht vor der Zeit dasein. Ist etwa das Abendessen schon fertig?

– Natürlich. Bist du bei Daniel vorbeigegangen?

– Es ist nicht fertig. Ich habe ihn gewarnt, daß du nicht zufrieden sein wirst. Weißt du, was er mir geantwortet hat? »In Zukunft, so werden Sie Madame sagen, kann sie sich an die Rue Saint-Honoré Nummer 12 wenden. Das ist ein Haus, das viel schneller arbeitet als wir.«

– Was hast du geantwortet?

– Daß ich eben die Absicht hatte, dir das zu raten.

– Sehr gut. Und was hat er gesagt?

– Nichts... nichts. Er war eher verärgert.

Jean ging in das Eßzimmer. Alles dort hatte seine Ordnung, war aber von beklemmender Kälte. Kein Sessel, kein Teppich machten einem Lust, sich in diesem Zimmer aufzuhalten.

– Und die Kinder?

– Sie sind im Bett. Ah! Ich habe dir noch nicht gesagt, daß die Kleine einen Kieselstein gegen eine Scheibe geworfen hat. Sie ist nicht zerbrochen, aber doch gesprungen.

– Gut. Sie muß bestraft werden. Morgen schicke ich meinen Glaser vorbei.

Jean Michelez begab sich in sein Arbeitszimmer, ging ein paar Schritte auf und ab, lehnte sich dann aus dem Fenster. In etwa fünfzig Meter Entfernung konnte man durch das Unterholz ein kleines Backsteinhaus sehen, das sich, von der Straße aus gesehen, hinter der Villa *La vie là* befand. Es war ein ebenerdiges Gartenhaus, ohne Fundament, zu dem man über einen Weg gelangte, der am Besitz des Unternehmers vorbeiführte und dessen Adresse war: Rosa Pavillon, Boulevard Bineau, 180 *C*, Blumenweg. Es gehörte Monsieur Dausset. Dieser hatte es vor etwa dreißig Jahren zusammen mit mehreren Hektar Land gekauft, um es als kleines Landhaus zu nutzen, er wohnte dort aber bald das ganze Jahr über, so sehr gefiel es ihm. Diese Gegend war damals einsam, wenn auch angenehm, und lag ganz nah an der Seine. Monsieur Dausset empfing jeden Sonntag Freunde oder Verwandte, mit denen er in einer inzwischen abgerissenen Gartenlaube trank und sich unterhielt.

Nach und nach waren Häuser dazugekommen, der Boden gewann an Wert, so daß sich Monsieur Dausset bald vor Freude nicht mehr lassen konnte, ein so gutes Geschäft gemacht und einen so guten Riecher gehabt zu haben. Da er einige Monate nach dem Krieg ein Wohnhaus in Paris geerbt hatte, ließ er einen der Mieter unter Hinweis auf ein Gesetz aus dem Haus jagen, das ihm das erlaubte, sofern er den Nachweis erbringen konnte, daß er diese Wohnung zum Eigenbedarf beanspruchte, und zog nach Paris.

Dieser Monsieur Dausset war der Typ Mann, der sich den Umständen anpaßt und bestrebt ist, andere nachzumachen und – obwohl ihn seine Herkunft dazu treibt, gegen Unredlichkeiten einzutreten – sich in seinem Eifer noch durchtriebener zeigt als sie, nicht aus Gewinnsucht, sondern aus Angst, es könne so aussehen, als sei er nicht auf der Höhe der Zeit. Als er dieses feuchte und schlecht gebaute Gartenhaus verließ, nahm er daher nur mit, was Wert hatte, ließ alte Möbel zurück, ein Bett mit verschimmelter Sprungfedermatratze und ein wenig Geschirr, und vermietete es möbliert über eine Agentur, der er es überließ, den Preis festzusetzen, wobei der Teil, der über das von ihm festgesetzte Minimum hinausging, im ersten Jahr geteilt werden sollte.

Auf diese Weise zogen Madame Auriol und ihre Tochter nach zahlreichen anderen Mietern, die hier schon längere oder kürzere Aufenthalte verbracht hatten, in dieses Gartenhaus.

Wie jene Städter, die die Angst vor einer Revolution dazu bringt, einen Bauernhof zu kaufen, und die einen Backofen in einem Stall einrichten, träumte Monsieur Dausset davon, ohne irgend jemandes Hilfe zu leben. Obwohl ihn das teurer kam, ließ er den Garten rund um das Gartenhaus (in welchem sich die Mieter übrigens nicht aufhalten durften) tagsüber von einem Arbeiter bestellen, so glücklich war er, morgens das Gemüse holen zu können, das er für den Tag brauchte. Auf alle anderen zu verzichten war für ihn das Ziel, dem jedermann zustreben sollte. Die Notlagen anderer ließen ihn vollkommen gleichgültig. In der verschrobenen Überzeugung, daß seine Lebensweise die ideale sei und daß, wenn die Welt sich nur entschlösse, es ihm gleich zu tun, Kriege und Leiden ein für allemal vorbei seien, entschuldigte er seinen Egoismus. Seine Liegenschaften waren in der Gegend um Paris verstreut. (Er besaß daneben noch einen kleinen Besitz in Gargan, wo er den Sommer verbrachte und den alten Onkel, der dort das ganze Jahr lebte, damit beauftragt hatte, die beiden Ziegen zu melken und ihm die Milch zukommen zu lassen, eine Werkstatt in Viellemomble und im 18. Arrondissement ein weiteres Wohnhaus, dessen Mieten er wegen der bis 1931 erwirkten Verlängerung nicht erhöhen konnte, die zu verfünffachen er aber fest vorhatte.) Und er verbrachte seine Tage damit, von einem Besitz zum anderen zu laufen, nahm einen Obstkorb von hier, ein vergessenes Werkzeug von da mit und von dort einige Briefe oder Rechnungen.

Seine jetzige Mieterin, Madame Auriol, war eine noch junge Frau, deren Vornehmheit und Zurückhaltung ihm eine gewisse Achtung einflößten, ebenso erging es übrigens Jean Michelez. Letzterer grüßte sie, wenn er sie traf; es kam häufig vor, daß er aus kindlichem Stolz umkehrte und ohne Grund sein Haus betrat, einfach, um dieser Fremden zu zeigen, daß er wirklich da wohnte und daß, wenn auch seine Kleidung neben der der jungen Frau ziemlich gewöhnlich schien, sein Haus, verglichen mit dem erbärmlichen Gartenhaus, das längst wieder aufwog.

Manchmal kam Monsieur Dausset, dem Monsieur Michelez den Grund und Boden entlang des Boulevards abgekauft hatte – weshalb der Pavillon isoliert hinter der Villa *La vie là* lag (ohne anderen Zugang zur Straße als diesen schmalen Blumenweg) –, um dem Unternehmer einen Besuch abzustatten. Die beiden Männer versäumten es dann nie, über Madame Auriol zu sprechen. Jean hatte auf diese Weise erfahren, daß Madame Auriol der guten Gesellschaft angehört hatte, daß sie die Loire-Schlösser, Venedig und Montreux kannte, daß sie wohl ihr Vermögen verloren hatte, daß sie aber sehr stolz war, nie um irgend etwas bat, ihre Miete immer pünktlich bezahlte, daß sie eigentlich nicht Madame Auriol hieß, sondern Penton oder Pennington, und daß sie Engländerin war.

Nach dem Essen begaben sich die Eheleute Michelez auf die Terrasse. Die Abende waren noch lau. Im abendlichen Frieden wirkten die Stadtgeräusche so beruhigend wie Stille. Der Mond schien vollkommen aus Silber. Hinter den Sträuchern, ganz nahe am Eingangstor, sah man zwei weiße, rechteckige Flecken. Es waren die Mauern der Garage, die der Unternehmer soeben hatte bauen lassen. Durch das offenstehende Fenster hörte man Madeleine im erleuchteten Eßzimmer abdecken.

– Wie hat die Kleine nur die Scheibe zerbrochen? fragte der Unternehmer.

– Ich habe es dir schon gesagt. Mit einem Kieselstein.

– Du warst also nicht dabei?

– Ich kann doch nicht den ganzen Tag neben den Kindern stehen. Ich habe anderes zu tun. Alles muß ich hier machen. Du würdest bei deiner Rückkehr das Haus nicht gerne so vorfinden, wie du es morgens verlassen hast.

– Tut Madeleine denn nichts?

– Sie träumt, ich weiß nicht, wovon, aber sie träumt. Ich muß ihr alles sagen, alles zeigen. Und am folgenden Tag erinnert sie sich an nichts mehr.

Seit Antoinette in Neuilly wohnte, beklagte sie

sich ständig, nicht, weil sie so viele Gründe dafür gehabt hätte, sondern weil sie fürchtete, man könne denken, sie genieße es, verheiratet zu sein. Ein Rest von Schamgefühl hielt sie unter allen Umständen davon ab, ihre Gefühle zu zeigen.

Plötzlich ertönte die Klingel.

– Wer kann das sein? fragte Jean überrascht.

– Vielleicht Marigny.

Antoinette nannte so einen ihrer Nachbarn, der ihren Mann, als er ihn einmal in Paris traf, ins Theater Marigny mitgenommen hatte.

– Mado, machen Sie auf, sagte sie, während sie sich mit Jean in den Salon begab.

Einige Augenblicke später führte das Dienstmädchen Madame Auriol herein, diese mysteriöse Nachbarin, über die der Unternehmer so oft, sei es mit seiner Frau, sei es mit Monsieur Dausset, gesprochen hatte.

Mit ihrem Mädchennamen hieß Madame Auriol Edith Pennington. Als Tochter eines großen Reeders in Boulogne-sur-Mer hatte sie in dieser Stadt bis zu ihrem zwanzigsten Lebensjahr gelebt. John Pennington, ihr Vater, aus Liebe zu diesem Land nach Frankreich gekommen, war ein sehr seltsamer Mensch gewesen. Unter den Fischern hatte man ihn den »großen Pennington« oder »Vater Pennington« genannt. Sehr jung Witwer geworden, hatte er mit seinen beiden Töchtern, Edith und Mary (letztere war die ältere), auf einem abgelegenen Besitz in den Dünen gelebt, der sich *The Boat* nannte; er lag am Meer, ganz nahe bei Sainte-Cécile, genau an der Stelle, an der einige Geschäftsleute, die einen Badeort zu errichten geplant hatten, diese Absicht hatten aufgeben müssen aufgrund einer gewaltigen Sturmflut, die das Strandhotel völlig zerstört und diesen Küstenstreifen in noch immer anhaltenden Verruf gebracht hat. Seine einzige Leidenschaft war es gewesen, Gutes zu tun. Man begegnete ihm in den Hafengäßchen, wie ein Fischer gekleidet, mit kahlgeschorenem Kopf über seinem dicken Gesicht, das zugleich etwas von einem Pastor und einem Lebemann hatte, der Rücken außerordentlich breit, aber gebeugt. Er blieb vor Türschwellen, auf denen Kinder saßen, stehen und fragte mit einem gutmütigen Lächeln: »Wie geht es, kleiner Wilder, und dir, großer Fischer?« Wenn die Tür halb offenstand, stieß er seinen Stock in das Zimmer und klopfte damit, bis jemand kam. Er fragte dann den Vater: »Arbeitest du? Sie sind schön, deine Kleinen. Ist die Mutter da, ja?« Dann ging er langsam weg, um ein Stück weiter dasselbe zu veranstalten. Er hatte in Camier ein Waisenhaus errichten lassen. (Die Kinder lebten dort wie Pfadfinder, khakigekleidet, und gingen zweimal in der Woche auf lange Exkursionen.) Als er älter wurde, konnte er mit seinen Expeditionen nach Island und Neufundland kein Geld mehr verdienen. Zur Zeit der großen Ausfahrten vertraute er seine sechzig Segelschiffe den Fischern an. Bei ihrer Rückkehr wurde der Verkaufserlös aus dem Fang, denn er spielte gern den Schiedsrichter, jedesmal von ihm geteilt, nach Abzug der Kosten für Boothaltung,

Versicherungen, Altersversorgung, die ganz zu seinen Lasten gingen. Auf seinem Grundstück, am Eingang, hatte er ein Häuschen bauen lassen, in dem sich eine äußerst komplizierte Buchhaltungsabteilung befand. Es gab da zwei Angestellte, die Monsieur Pennington wie einen Verrückten behandelten, Schreibkräfte, die losprusteten, kaum daß er ihnen den Rükken gekehrt hatte. Er bemerkte das nie. Konnte man sich in seiner Gegenwart das Lachen nicht verkneifen, lachte er mit, in der Annahme, es handele sich um einen Scherz, den er nicht verstanden hatte.

Bei seinem Tod verschlangen der Haß der rivalisierenden Reeder, die unzähligen Verwicklungen in all seinen Unternehmen, seine wohltätigen Einrichtungen, deren Last er trug, auf einen Schlag sein gesamtes Vermögen. Allein das Waisenhaus von Camier, das an die zweihundert Kinder beherbergte, sah sich dank des plötzlichen Interesses, das ihm die anderen Reeder entgegenbrachten, mit einem Etat von zehn Millionen ausgestattet.

Edith war damals einundzwanzig Jahre alt. Ihre Schwester Mary, die soeben geheiratet hatte, lebte in Paris. Bei ihr suchte sie Zuflucht.

Der Mann ihrer Schwester stammte aus einer großen Familie, in der es aber keinerlei Verbindung untereinander gab. Das Oberhaupt dieser Familie, Monsieur Auriol, war ein vergnügter Lebemann. Seine vier Söhne Hugues, Marc, André und Germain hatte er in völliger Freiheit erzogen. Er, der mit nichts angefangen hatte und zu einer bedeutenden

Position aufgestiegen war (er war Direktor eines großen Handelshauses), wiederholte oft: »Ihr seid Männer. Macht, was ihr wollt; ihr werdet nie das durchmachen müssen, was ich durchgemacht habe.« Und er fügte, beiseite gesprochen, hinzu: »Sie sind unter einem guten Stern geboren. In schlechten Zeiten können sie immer unter das väterliche Dach zurückkehren. Die Auriols sind nun für drei Generationen abgesichert.« Zwei Jahre später sollte der Krieg ausbrechen.

Meist führte nur der Zufall diese Familie zusammen. So sah Germain, der Mann von Ediths Schwester, seine Brüder selten. Seine Eigenschaft als ältester Sohn hatte ihn in gewisser Weise zum Geschäftspartner seines Vaters ausersehen. Hugues war nach Marokko gegangen, in der Absicht, sich der Tierzucht zu widmen. André, der ganz allein seine Berufung zur Musik entdeckt hatte, nahm Musikunterricht und träumte davon, Virtuose zu werden. Marc hatte sich auf die Mechanik verlegt. Jeder dieser jungen Leute erhielt dieselbe monatliche Zahlung, außer Germain, der an den Geschäften seines Vaters beteiligt und außerdem verheiratet war. Die Mutter, eine von ihrem ersten Mann geschiedene Kleinbürgersfrau, hatte Mittel und Wege gefunden, die unverhoffte Lage, zu der ihr Monsieur Auriol verholfen hatte, für unterhalb dessen zu halten, was ihr eigentlich zustand.

Monsieur Pennington hatte die Familie Auriol in dem damals gerade fertigerbauten Paris-Plage kennengelernt, wo diese jedes Jahr zwei Villen anmietete, eine für die Söhne, die andere für die Eltern. Gegen Ende der Ferien war erstere nicht wiederzuerkennen. Türen und Zwischenwände waren entfernt, Decken durchlöchert worden. Der Eigentümer hatte derartige Reparaturarbeiten gefordert, daß Monsieur Auriol zum ersten Mal die Villa betrat. Wie die meisten Fremden angelsächsischer Herkunft, empfand Monsieur Pennington große Sympathie – eine recht merkwürdige Haltung – für die jovialen Franzosen. Dergleichen empfand er auch für Monsieur Auriol. Einmal hatte er etwa eine Woche lang Kontakt zu einem Südfranzosen gehabt, der wie alle Südfranzosen war und in keinster Weise vom Üblichen abwich. Seit dieser Zeit verging bis zum Ende seines Lebens kaum eine Woche, in der Monsieur Pennington nicht von diesem Südfranzosen sprach, von ihm gemachte Bemerkungen zitierte, in der er nicht in Erinnerung an ihn lachte.

Edith war seit einem Monat in Paris, als sie Marc begegnete, an den sie sich kaum erinnerte, mit dem gespielt zu haben ihr aber doch wieder einfiel, seinerzeit, als sie fünfzehn oder sechzehn Jahre alt war.

Dieser junge Mann war ein Verrückter, die Haare immer zerzaust, immer nachlässig gekleidet, manchmal in Anzügen seiner Brüder, manchmal in jahrealten Kleidungsstücken, die er in irgendeinem Schrank aufstöberte. Als Besitzer eines Sidecars und zweier Fahrräder verbrachte er seine Tage damit, den Lenker vom einen auf das andere zu montieren, den Motor seines Sidecars zu reparieren und über die Straßen der Vorstadt zu rasen. Er war damals sechsundzwanzig Jahre alt. Er träumte davon, Flieger zu werden. Er war von einer Menge Kameraden umringt, mit denen er häufig nach Rouen, Dieppe oder Chartres aufbrach, wobei er dann eine Woche lang verschwand und kein Lebenszeichen mehr von sich gab. Im Winter nahm er in Chamonix an Skirennen teil. Von einem dieser Wettrennen brachte man ihn eines Morgens mit gebrochenem Knöchel nach Hause. An seinem Bett gab es eine wahre Prozession. In dieser Prozession stand eines Nachmittags Edith. Er konnte sich nicht rühren. Das war einer der Gründe, warum er sie zu lieben begann.

Edith dagegen war die Ruhe selbst. Ihre ganze Jugend über hatte sie Kranke, verlassene Kinder, Hilfesuchende an die Tür ihres Vaters klopfen sehen. Angesichts dieser Szenen hatte sie etwas Mütterliches, Mitfühlendes entwickelt, das sich in der Begegnung mit diesem jungen Mann, der impulsiver, lärmender und unerschrockener war als ein Kind, nun entfalten konnte. Das Leben, die Freude, die Heftigkeit, die er ausstrahlte, gefielen ihr. Er konnte sie noch so viele Tage allein lassen, ohne Nachricht zu geben, sie machte ihm bei seiner Rückkehr keine Vorhaltungen. Je mehr er sich verausgabte, desto mehr liebte sie ihn. Anfangs begleitete sie ihn auf seinen Ausflügen, da es aber fast immer dazu kam, daß sie sich unterwegs verloren und sie gezwungen war, alleine zurückzukehren (beim ersten Mal mußte sie, da sie kein Geld bei sich hatte, sogar nach Paris telegrafieren), weigerte sie sich später jedesmal, wenn er ihr eine Expedition vorschlug, ihn zu begleiten. »Fahren Sie allein«, sagte sie lächelnd, »nein, ich komme nicht mit. Sie werden mich wieder irgendwo verlieren.« Und wenn sie ihn staubig, mit vom Wind zerzausten Haaren und gerötetem Gesicht wiedersah, war sie gerührt.

Ein Jahr nach der Heirat wurde die kleine Dinah geboren. Es war das Jahr 1914. Sie bewohnten eine Wohnung in der Nähe der Place Pereire. Das Kind bremste das Bewegungsbedürfnis von Marc nicht im geringsten. Wenn er es sah, warf er es in die Luft, fing es im Flug wie einen Ball, während die Mutter ihn anflehte, aufzuhören; wenn Dinah dann weinte, verzog er sich.

Bei Kriegsausbruch wurde Marc wie seine Brüder eingezogen. Sechs Monate später kam er zur Luftwaffe. Edith war halb tot. Sie war abgemagert. Sie verbrachte ihre Tage damit, ihrem Mann zu schreiben. Ihre Liebe zu ihm war so groß, daß sie gegenüber ihrer Schwester Mary, zu der sie während der Abwesenheit der beiden Männer gezogen war, ohne Unterlaß wiederholte, daß sie, sollte ihm etwas zustoßen, sich umbringen würde.

In den ersten Wochen des Jahres 1916 erfuhren die beiden Frauen Schlag auf Schlag, daß Marc während eines Luftangriffs getötet und daß Germain gefangengenommen worden war. Einen Monat später starb der alte Monsieur Auriol plötzlich zu Hause, ganz allein, nur von einigen Angestellten umgeben, da Madame Auriol nach Südfrankreich abgereist war, nicht ohne vorher erklärt zu haben, daß, »wenn man über die Mittel verfüge, es lächerlich sei, in Paris zu bleiben, wo man sich so vielen Gefahren aussetze«.

Edith veränderte sich innerhalb weniger Tage. Sie weinte ununterbrochen. Sie sprach immer davon, sich umzubringen, während sie ihre kleine Tochter an sich drückte. Ganze Stunden verbrachte sie vor einer Amateurfotografie, die Marc in Hemdsärmeln zeigte, wie er sich vor Lachen krümmte. Die Jahre vergingen, Dinah wurde größer, aber die Mutter blieb untröstlich. Sie hatte ihre ganze Zärtlichkeit auf die Tochter übertragen, die sie mit endlosen Gesprächen ermüdete, indem sie das Kind, das lieber gespielt hätte, zwang, stundenlang auf ihrem Schoß zu sitzen. Was Mary betraf, so hatte sie nur eine Sorge: Päckchen in das Lager nach Darmstadt zu schicken, wo Germain gefangen war, und zu erfahren, ob sie am Bestimmungsort ankamen. Manchmal stattete einer der Brüder während eines Urlaubs den beiden Schwestern, allerdings wie Fremden, einen Besuch ab, kündigte schon an der Türe an, daß er sehr in Eile war, lehnte alles ab, was man ihm anbieten konnte, aus Angst, daß es Zeit beanspruchen würde, und verzog sich nach einer Stunde.

Schließlich kam der Waffenstillstand. Zwei Monate später, am 15. Januar 1919, klopfte ein abgemagerter, verstörter Mann an die Wohnungstür der beiden Frauen. Es war Germain. Er hatte sich so verändert, daß Mary ihn erschrocken ansah. Erst einige Sekunden später warf sie sich ihm in die Arme. Er drückte sie an sich, ohne sie zu küssen, und ließ sich auf einen Stuhl fallen. Dieser Mann, der jung, aktiv und glücklich gewesen war, war nurmehr eine Jammergestalt. Beim Sprechen wiederholte er dieselben Worte, verhedderte sich, konnte die Sätze nicht zu Ende sprechen, stammelte einzelne Silben und schien von einer Sprachstörung befallen. Während seiner Gefangenschaft hatte er sechs Krankheiten gehabt, unter anderem Typhus, Ruhr und eine Lungenentzündung, von der er noch nicht genesen war. An seinen Fingern war kein Fleisch mehr. Mary und Edith wollten ihn gesund pflegen. Er konnte nicht essen. Sobald er irgend etwas zu sich nahm, gab er es wieder von sich. Da er sich etwa drei Jahre lang von Kohlrüben, verdorbenem Fett und Kleiebrot ernährt hatte, hatte sich sein Magen nach und nach geschlossen, war geschrumpft, so daß er jetzt nichts mehr vertrug. Die beiden Frauen legten ihn ins Bett. Kaum lag er da, wurde er von Schwindel ergriffen. Er begann zu zittern. Ein Schweißausbruch, der Perlen, so groß wie Regentropfen, auf seine Stirn trieb, durchnäßte ihn von Kopf bis Fuß. Drei Jahre lang hatte er alles ausgehalten: Hunger, Kälte, Krankheiten, und in dem Augenblick, da er zurück bei den Seinen war, verließen ihn seine Kräfte.

Einige Monate später trat eine leichte Besserung

ein. Seine Schultern waren noch immer gekrümmt. Wenn er morgens aufstand, lief er lange gebeugt einher. Erst nach etwa einer halben Stunde gelang es ihm, sich aufzurichten. Aber der Appetit kam wieder, und täglich ging er nach dem Mittagessen ein wenig hinaus. Die beiden Schwestern wichen nicht von seiner Seite. Edith fand in ihrem Schmerz täglich neue Kräfte, sich ihm zu widmen. Aber Germain blieb trotz der Zärtlichkeit und Pflege, mit der man ihn umgab, verschlossen. Er richtete fast nie das Wort an seine Frau, antwortete kaum, wenn sie ihm eine Frage stellte. Manchmal spielte er mit der kleinen Dinah, aber es genügte, daß eine der beiden Schwestern erschien, und schon hörte er damit auf. Was man auch für ihn tat, er war unzufrieden. Nichts war gut. Alles war seiner Meinung nach verwahrlost. Während der drei Jahre seiner Gefangenschaft hatte er ein außergewöhnliches Bedürfnis nach Ordnung entwickelt. In den schlaflosen Nächten in Darmstadt hatte er von einem Glück geträumt, dessen Größe in gewisser Weise die Leiden gerechtfertigt hätte, die er ertrug.

Ein Jahr nach seiner Rückkehr schien er körperlich wiederhergestellt. Er hatte die Leitung des Handelsunternehmens seines Vaters übernommen. Für ihn zählte jetzt nurmehr Arbeit und Gewinn. Er kam zu den Essenszeiten nicht mehr nach Hause und wurde täglich herrischer und fordernder. Es kam zu Szenen zwischen den beiden Eheleuten, woraufhin Edith immer wieder vorschlug, wegzugehen, sich eine kleine Wohnung zu mieten und mit ihrer Tochter allein zu leben. Aber Mary, und manchmal auch Germain, hielt sie zurück. Eine Woche verging, dann kam es zu einer noch heftigeren Szene. Man hätte meinen können, daß Germain sich an den Seinen für das rächte, was ihm widerfahren war. Er hatte keinen einzigen Freund mehr und wollte niemanden sehen. Seine Gefangenschaft hatte ihn streitsüchtig, reizbar und jähzornig gemacht. Obwohl er seinen Beschäftigungen nachgehen konnte, war seine Gesundheit alles andere als zufriedenstellend. Er kümmerte sich nicht darum. Um sieben Uhr morgens war er schon auf und begab sich wenig später in sein Büro, achtete nur auf die Ergebnisse seiner verschiedenen Spekulationen. Man muß glücklich und wohlauf sein, um im Spiel zu gewinnen. Der Franc fiel; er kaufte Francs. Die ausländischen Valuta fielen; er kaufte ausländische Valuta. In seiner Besessenheit konnte er nicht den kleinsten Verlust ertragen. Er blieb dabei. Er verlor weiter. Abends, wenn er nach Hause kam, warf er den beiden Schwestern vor, die Ursache seiner Verluste zu sein. »Es ist euch natürlich egal, ob ich gewinne oder verliere. Wenn ihr moralisch hinter mir stündet, wenn ihr mich in Gedanken unterstützen würdet, würde ich gewinnen.«

Eines Abends kam es zu einer Szene, die noch heftiger war als alle vorangegangenen. Germain war aufgrund einer Fehlspekulation außer sich. Mary warf ihm seine Spielleidenschaft vor. Es fehlte nicht viel, und er hätte die Kontrolle über sich verloren. Er hatte alles verloren, seine Jugend, seine Gesundheit, sein

Vermögen, während sie, diese Frau, die ihm vorwarf, zu spielen, unbeschadet war. Er näherte sich Mary. In einem plötzlichen, unerhörten Wutanfall schlug er sie und begann, wobei er fast den Verstand verlor, schreiend in der Wohnung herumzurennen. Mary, die sich nicht verteidigt hatte, die die Schläge wie eine Erlösung hingenommen hatte, weinte. Edith drückte ihre mittlerweile zwölf Jahre alte Tochter an sich, die die Szene voll Entsetzen beobachtete, ohne etwas zu verstehen.

Es vergingen einige Minuten, während denen die beiden Schwestern ein schreckliches Ende befürchteten. Dann fiel Germain in einen Zustand der Erschöpfung, der einer Bewußtlosigkeit nahekam. Er hatte sich in einen Sessel fallen lassen und bewegte sich nicht mehr. Seine Frau, die sich wieder gefangen hatte, legte ein feuchtes Handtuch auf seine Stirn. Die Frische belebte ihn nicht. Sie zog ihn aus und deckte ihn warm zu. Wie an dem Tag, an dem er nach drei Jahren Gefangenschaft zurückgekehrt war, begann er von Kopf bis Fuß zu zittern, mit den Zähnen zu klappern, zu schwitzen. Plötzlich sprang er so unvermittelt auf, daß Mary, die glaubte, er wolle sie erneut schlagen, einen schrillen Schrei ausstieß. Währenddessen war Edith in ihr Zimmer geeilt und warf wie eine Verrückte, so überstürzt, daß sie sich selbst im Weg war, alle ihre Sachen durcheinander in einen Koffer. Noch am selben Abend schlief sie mit ihrer Tochter im Hotel. In den folgenden Tagen begab sie sich auf die Suche nach einem kleinen Haus, damit

Dinah, deren fragile Gesundheit sie beunruhigte, gleich nach dem Aufstehen an die frische Luft gehen könnte. Sie nahm schließlich jenes von Monsieur Dausset, dessen isolierte Lage ihr gefiel.

So begann für Edith ein einsames, sparsames und freudloses Leben. Von Zeit zu Zeit besuchte sie ihre Schwester, die ihr Geld gab, aber sie lehnte trotz der flehentlichen Bitten von Mary das Abendessen oder das Angebot, die Nacht bei ihr zu verbringen, ab, so bestürzt war sie von der letzten Szene; sie fürchtete vor allem, daß diese Szene sich just an dem Tag, an dem sie dabliebe, wiederholen würde. Was Germain betraf, so änderte er sich nicht. Er hatte begonnen, häufig in einen Club zu gehen, in dem er die Nächte zubrachte, in der Hoffnung, früher oder später in wenigen Stunden ein Vermögen zu gewinnen. Er lieh sich überall Geld, schrieb seiner Mutter jede Woche flehentliche Briefe, in welchen er sie um Hilfe bat. Fast alle Angestellten der Firma waren entlassen worden.

Edith lebte nurmehr für ihr Kind. In diesem feuchten, aber immerhin luftigen Haus, weit weg von allem, was sie geliebt hatte, hatte sie sich nach und nach einen bestimmten Tagesablauf auferlegt. Sie stand jeden Morgen zur gleichen Zeit auf, machte Dinah fertig und schickte sie, während sie das Haus in Ordnung brachte, in den Garten. Dann begab sie sich auf den Markt. Nach dem Mittagessen ging sie mit ihrer Tochter spazieren. Um sieben Uhr brachte sie sie zu Bett. Sie las dann ein wenig, schrieb manchmal an ihre Schwester und ging schließlich selbst zu Bett. Neben Dinah interessierte sie sich für nichts auf der Welt. Sie brachte ihr das Lesen bei, legte mit ihr Patiencen, nähte ihr Puppen, bastelte eine Kasperlefigur.

Das Kind war schon 13 Jahre alt. Es war ein Mädchen mit traurigem Blick und ängstlich wie ein geschlagenes Tier. Wegen nichts schrak sie hoch. Sie hatte große Augen, die sie staunend auf die Leute richtete. Nie lachte sie oder lächelte wenigstens einmal. Es verging kaum ein Tag, an dem ihre Mutter sie nicht aufzuheitern suchte. Aber sie blickte verständnislos auf die komischen Gesten oder Grimassen, obwohl ein aufmerksamer Ausdruck auf ihrem Gesicht zeigte, daß sie zu verstehen suchte, und erraten ließ, daß, hätte sie es geschafft, ein plötzliches Licht sie ganz erhellt hätte. Sie war schmal, blond und bleich. Der kleinste Spaziergang ermüdete sie. Und diese Müdigkeit war nicht schwer, sondern leicht und fieberhaft. Sie blieb stehen. Nichts anderes zeigte ihr Unwohlsein an. Nichts in ihren Zügen schien auf eine Anstrengung hinzudeuten. Nur ihre Lippen waren halb geöffnet. Sie keuchte unmerklich. Ihre Adern, die unter ihrer durchsichtigen Haut hellblau dahinzogen, wurden dunkel. Die weiche Haut rund um die Augen zitterte. Dann ging dieses Unwohlsein vorbei, und sie ging wieder neben ihrer Mutter her. Sie hatte lange gewichtslose Hände, die frei in der Luft zu hängen schienen und deren Finger sich mit so viel Anmut spreizten oder schlossen, daß man die

Augen nicht davon lassen konnte. Nie erhob sie die Stimme, nicht einmal beim Spielen. Abends färbte in Augenblicken von Nervosität eine leichte Röte ihre Wangen. Sie sprach dann schneller. Ihre Gesten waren abgehackter. Ihre Augen, ihre Zähne leuchteten. Aber das war alles. Ihr Blick änderte sich nicht. Er blieb traurig und fern.

Schon mehrmals war ein Arzt aus Neuilly, Doktor Python, gekommen, um sie sich anzusehen. Seine Empfehlungen waren immer dieselben gewesen: sehr reichhaltige Nahrung und frische Luft.

Monate vergingen, ohne daß sich die Gesundheit von Dinah besserte. Bislang hatte sie nur im Winter gehustet. Im Frühjahr 1927 wurde dieser Husten, anstatt zu verschwinden, stärker. Das Kind hatte keinen Appetit. Edith bereitete ihr stärkende Säfte, aber bald wollte sie die, obwohl sie angenehm im Geschmack waren, nicht mehr trinken. Sie hatte immerzu Durst, verlangte aber nur nach Obst. Allen Spielen gegenüber war sie gleichgültig geworden. Indessen entwickelte sie eine zunehmende Leidenschaft für Geschichten, die ihr ihre Mutter erzählte. Vielleicht hundertmal am Tag bat sie Edith, ihr eine Geschichte zu erzählen. Sie streckte sich dann auf dem Bett aus, legte eine ihrer Hände in die ihrer Mutter und lauschte, die Augen zum Himmel erhoben, ohne zuzuhören, wie es schien. Wenn ihre Mutter sich jedoch unterbrach, sagte sie sofort, als hätte sie es, noch bevor Edith innehielt, vorhergesehen, »weiter«, ohne sich zu bewegen, die Augen immer zum

Himmel gerichtet. Wenn die Geschichte beendet war, sprang sie nicht aus dem Bett. Sie blieb, wie sie beim Zuhören gewesen war, still, ohne um eine Erklärung zu bitten, und lebte vielleicht mehr als mit lebenden Personen im Kreise ihrer Fabelwesen.

Schließlich setzte sie sich im Bett auf. Da stieg ihr das Blut zu Kopf. Gewöhnlich war sie so bleich, daß sie in diesem Moment nicht unter Blutandrang zu leiden, sondern wohlauf zu sein schien. Dann schüttelte sie ein Hustenanfall. Im Gegensatz zu Erwachsenen, die sich aus einem bestimmten Taktgefühl heraus bemühen, ihr Unwohlsein zu verbergen, hätte man meinen können, daß sie sich darin gefiel. Madame Auriol konnte es nicht mitanhören. Sie flehte ihr Kind an, aufzuhören. Wenn der Hustenanfall schließlich vorüber war, blieb Dinahs Gesicht noch mehrere Minuten lang ganz verändert. Der Mund war verzerrt, die Augen feucht, die Wangen durch zwei Furchen, die von den Nasenflügeln abgingen, wie vom Gesicht getrennt. Sogar der Blick war anders. Er hatte seinen gewohnten Ausdruck verloren. Er war nicht mehr der traurige Blick Dinahs, sondern der einer Kranken, die hundert anderen Kranken glich.

Einige Wochen später stand Dinah nicht mehr auf. Tagsüber zog ihre Mutter das Bett vor das Fenster, das sie weit offenstehen ließ. Bei seinem letzten Besuch hatte Doktor Python einen Aufenthalt in den Bergen empfohlen. Edith war daraufhin zu ihrer Schwester gelaufen, um das für die Reise nötige Geld von ihr zu erbitten. Aber diese war selbst in einer peinlichen Lage. Germain ging mit wenigen Francs in der Tasche in den Club. Die Hausangestellten hatte man entlassen. Alle Schmuckstücke Marys hatte Germain verkauft, um zu spielen. Nur dank einiger hundert Francs, die Edith trotz allem von ihrer Schwester erhielt, konnte sie weiterleben. »Wenn er nur einmal gewinnen würde!« hatte Mary gesagt, »dann würde ich dir geben, was du brauchst. Du wirst mit Dinah in die Schweiz fahren.« Eines Abends hatte sich Marys Wunsch erfüllt. Germain war verklärt nach Hause gekommen, mit 17000 Francs, die er in dieser Nacht gewonnen hatte. Mary hatte ihn daraufhin angefleht, sie ihr für Edith zu geben. »Morgen... morgen... werde ich dir dreißigtausend geben... warte bis morgen«, hatte er geantwortet. – »Aber du wirst alles wieder verlieren.« – »Ich sage dir, nein. Hast du Vertrauen zu mir, ja oder nein?« Am folgenden Tag verlor er wieder alles. Als Edith eines Abends kam und ihre Schwester verzweifelt anflehte, teilte diese ihr mit, daß Germains Mutter am Ende des Sommers oder spätestens im Herbst ihrem Sohn zwei- oder dreihunderttausend Francs vorschießen würde. Es wäre dann immer noch Zeit, Dinah in die Berge zu schicken.

Im Laufe des Sommers verschlechterte sich der Zustand des Kindes. Sie mußte Spritzen bekommen. Morgens wachte sie mit Fieber auf. Da es keine Möglichkeit gab, sie zu wiegen, konnte man den Behandlungsverlauf nicht verfolgen. Edith zwang sie fast zum Essen, da Doktor Python mit Nachdruck empfohlen hatte, sie überzuernähren. Da das Kind immer in stickiger Luft lag, hatte sie keinen Appetit und nahm die Speisen widerwillig zu sich, so daß sie allmählich kein Essen mehr sehen oder riechen konnte, ohne daß ihr schlecht wurde. Ihr Gesicht hatte sich nicht verändert, aber an den Schultern konnte man sehen, daß sie abgemagert war. Die Schlüsselbeine sprangen vor, und der Hals erschien länger. Ihre Arme waren bis zu den Schultern so dünn wie die Handgelenke. Gegen fünf Uhr nachmittags jedoch folgte eine Art Übererregung auf die Benommenheit und Niedergeschlagenheit des Tages. Sie verlangte nach ihren Puppen und hielt ihnen eine rührende Ansprache. Sie war die Mutter, und sie, die Kranken, mußten brav gehorchen. Sie wandte sich mit genau denselben Worten an sie, die Edith ihr gegenüber gebrauchte. Aber sie ermüdete schnell. Wenn sie gerade dabei war, sie zum Essen zu zwingen oder ihnen eine Geschichte zu erzählen, damit sie einschliefen, ließ sie sie plötzlich fallen, legte sich zurück und starrte durch das geöffnete Fenster in den Himmel. »Läßt du sie so, ganz allein?« fragte Edith. Sie antwortete nicht. Ihre Stirn war feucht, ihre Augen fiebrig. Einen Augenblick später wandte sie, ohne die langen Arme zu bewegen, den Kopf ihrer Mutter zu. Ihr Ausdruck war dann so traurig, daß Madame Auriol sich beherrschen mußte, um nicht zu weinen. Dieser Ausdruck verlangte nicht nach Hilfe, er fragte auch nicht, warum man sie zwang, im Bett zu bleiben. Es war ein Blick voller Verzweiflung, der sich auf Edith richtete, ein Blick der Schwäche und Unschuld, den man nicht ertragen konnte.

Der Sommer ging seinem Ende zu. Doktor Python, der die Zwangslage von Madame Auriol erkannt hatte, wiederholte dennoch immer wieder, daß Dinah nur unter der Bedingung gerettet werden könne, daß sie so schnell wie möglich in die Schweiz geschickt würde. Bestürzt begab sich Edith erneut zu ihrer Schwester Mary, in der Hoffnung, daß Germain im Besitz dieser zweihunderttausend Francs sein würde. Es war fünf Uhr nachmittags. Sie klingelte. Nach einer Weile kam Mary, um ihr zu öffnen. Sie war nicht wiederzuerkennen. Sie hatte sicher den ganzen Tag geweint. Ihre Augen waren rot, ihr Teint hatte die Blässe einer Toten. Beim Anblick ihrer Schwester stammelte sie:

– Komm rein... komm schnell... ich weiß nicht mehr, wo ich bin, wohin ich soll, was aus mir wird.

Edith folgte ihr in den Salon. Er war halb leer. Das Klavier war nicht mehr da. Vorhänge lagen auf der Erde. An der Stelle der Sessel standen drei Stühle aus dem Eßzimmer.

– Was ist geschehen? fragte Edith, die ein Unglück ahnte.

Mary sah sie an, schien einen Augenblick nachzudenken.

– Germain hat die zweihunderttausend Francs erhalten, sagte sie in einem Atemzug. Er verliert sie in diesem Moment. Er verliert sie jeden Tag. Er hat diese Summe in zehn gleiche Teile geteilt. Er spielt seit sechs Tagen. Er hat hundertzwanzigtausend Francs verloren. Heute abend wird er wieder zwanzigtausend verlieren. In drei Tagen wird er nichts mehr haben. Ich habe ihn für dich angefleht. Er ist wie ein Verrückter. Er hört nicht zu. Er will gewinnen. Verstehst du? Er will gewinnen. Er will es. Es ist nichts zu machen. Er will es. Bleib, warte auf ihn. Vielleicht kannst du ihn davon abbringen.

Edith hatte eine Stunde lang mit ihrer Schwester gesprochen, als Germain den Salon betrat. Er war sehr ruhig, aber bleich. Man hätte meinen können, daß er nach langem Zögern endlich eine Entscheidung getroffen und sich damit innerlich freigemacht habe und nun den wiedergefundenen Frieden genoß, obwohl er im Grunde weiterhin zwischen zwei Vorhaben zerrissen war. Er sprach einige bedeutungslose Worte und setzte sich, nachdem er einen gleichgültigen Blick in den halbleeren Salon geworfen hatte, auf die erstbeste Sitzgelegenheit, mit derselben Verachtung für Bequemlichkeit, wie man sie in irgendwelchen Wartesälen hat.

– Du bist gekommen, uns einen kleinen Besuch abzustatten, sagte er zu Edith.

Dann, zu seiner Frau gewandt, wiederholte er:

– Sie ist gekommen, uns einen kleinen Besuch abzustatten.

Obwohl er sehr müde war, sagte er diese Worte

mit einem Anflug von Humor. Unvermittelt stand er auf.

– Ich weiß nicht, warum ich nach Hause gekommen bin. Ich habe hier nichts verloren. Auf Wiedersehen.

– Eine Minute, bitte, sagte überstürzt seine Frau, Edith möchte dich sprechen. Es geht um Dinah.

– Ich habe keine Zeit, sagte er, plötzlich erschöpft. Ich weiß, worum es geht, aber ich kann heute wirklich nichts tun. Du verstehst noch immer nicht, Edith, daß die Lage verzweifelt ist, daß ich kein Geld habe.

Er fuhr in weinerlichem Ton fort, der Mitleid einzuflößen suchte.

– Ich würde natürlich gern etwas tun. Aber was. Alles, was hier Wert hat, habe ich verkauft. Deine Schwester und ich haben selbst kaum genug zum Leben. Komm in drei oder vier Tagen wieder. Ich erwarte etwas. Wenn das eintrifft, schwöre ich dir, werde ich dir alles geben, was du brauchst.

Germain verheimlichte die zweihunderttausend Francs, die er von seiner Mutter erhalten hatte, ohne daß ihm das bewußt war, denn hätte er nur über ein Minimum an klarem Verstand verfügt, hätte er erkennen müssen, daß seine Frau Edith informiert hatte. Diese sah ihre Schwester an, um zu fragen, was zu tun sei. Mary gab ihr zu verstehen, es sei besser zu schweigen. Diese mangelnde Klarsicht ihres Mannes hatte sie plötzlich in großen Schrecken versetzt. Sie hatte den Eindruck, daß ein Mann, der fähig war, ihnen auf so dümmliche Weise eine Komödie vorzuspielen, einmal dabei ertappt, ohne jeden Zweifel zu den schlimmsten Gewalttaten fähig war. Sie ergriff das Wort.

– Edith wird morgen wiederkommen, wenn du willst.

– Wenn sie will, soll sie kommen. Aber das wird davon abhängen. Ich weiß nicht. Ich kann nichts versprechen.

Dunkle Gewissensbisse hielten ihn davon ab, einzugestehen, daß er spielte, während er dies ein paar Monate zuvor nicht verborgen hatte. Er wollte das, was er sein »Spielkapital« nannte, unangetastet lassen und behielt sich vor, Edith zu Hilfe zu kommen, wenn er gewinnen würde. Daher nahm er ihr, hoffnungsvoll, wie er selbst war, nicht alle Hoffnung, ohne freilich zu erklären, wie es dazu kommen könnte, daß er am folgenden Tag Geld haben würde. Es machte ihm wenig aus, daß alles, was er sagte, seine augenblickliche Leidenschaft verriet, solange man ihm nichts in den Weg legte.

Am folgenden Tag kam Edith wieder, aber Germain erschien den ganzen Tag nicht zu Hause. Erst drei Tage später gelang es ihr, ihn zu treffen. Er saß im Salon und schluchzte.

– Er hat alles verloren, sagte Mary ihrer Schwester ins Ohr.

Als er das Geräusch hörte, hob er den Kopf und erkannte Edith.

– Ich habe nichts mehr. Ich kann dir nicht helfen,

meine Arme. Was soll ich tun? Ich bitte dich, sag es mir. Ich habe alles verloren... alles... alles...

Seine früheren Lügen kamen ihm so natürlich vor, daß er keine Hemmungen hatte, ihr die Wahrheit zu sagen. Er gestand, daß er zweihunderttausend Francs verloren hatte, mit derselben Arglosigkeit, als habe die ganze Erde diesem Verlust beigewohnt. Es kam ihm nicht einmal in den Sinn, daß man ihm das vorwerfen oder daß man ihm böse sein könnte, dieses Geld zum Spielen zurückgehalten zu haben.

Als Edith nach Hause kam, ging es Dinah schlechter. Das Kind lag ausgestreckt auf dem Bett, mit offenen Augen, ein Arm hing aus dem Bett. Sie war schweißgebadet, aber nicht einmal mehr ihr Instinkt befahl ihr, sich zu erfrischen. Ihre Lippen waren trocken. Auf einem kleinen Tisch neben ihr stand eine Flasche Limonade, die sie nicht angerührt hatte. Der Wind hatte die Fensterflügel aufgeschlagen. Sie hatte sich nicht erhoben, um sie heranzuziehen. Gewöhnlich zeigte sich, wenn ihre Mutter nach nur wenigen Minuten Abwesenheit zurückkam, ein glücklicher Ausdruck auf ihrem Gesicht. Diesmal wandte sie nicht einmal den Kopf.

– Fühlst du dich schlecht? fragte Edith, von Schrecken ergriffen. Sie antwortete nicht. Plötzlich fing sie zu husten an. Erst da kam sie wieder zu sich. Sie setzte sich in ihrem Bett auf, hielt ein Taschentuch an die Lippen. Der Husten begann erneut. Im Vergleich zu vorher hätte man nun meinen können, sie sei wohlauf. Als der Hustenanfall vorüber war, legte sie sich wieder auf den Rücken.

– Soll ich dir deine Puppen bringen?

Sie nickte mit dem Kopf, als ihre Mutter sie ihr aber auf das Bett legte, rührte sie sie nicht an.

In diesem Moment beschloß Madame Auriol in ihrer Hilflosigkeit, in der sie nicht mehr wußte, an wen sich um Hilfe wenden, zu Jean Michelez zu gehen, den sie seit einem Jahr vom Sehen kannte und der ihr sympathisch vorgekommen war. Es war sechs Uhr. Bis neun Uhr kämpfte sie mit sich, so sehr widerstrebte es ihr, einen Unbekannten um Hilfe zu bitten. Ediths Feingefühl und Stolz hatten sie in ihrem Leben immer von der Welt ferngehalten. Sie fürchtete mehr als alles andere, indiskret zu erscheinen oder andere, ohne es zu wollen, zu kränken. Der Gedanke, daß sie sich bei jemandem ein wenig zu lange aufgehalten haben könnte, daß man darüber nach ihrem Weggang eine Bemerkung gemacht haben mochte, ließ sie nicht schlafen. Und wenn man es ihr gegenüber an dieser Rücksichtnahme hätte fehlen lassen, wäre sie nicht imstande gewesen, das zu bemerken, da sie alles auf sich nahm und sich selbst allzu großer Empfindlichkeit zieh. Wer sie auch immer darum gebeten hätte, dem hätte sie früher ihr Vermögen, ihr Haus, ihre Zeit geschenkt. Eine Weigerung war für sie etwas Unvorstellbares. Sie konnte nichts abschlagen. Eine Weigerung war in ihren Augen häßlich, düster, schändlich, selbst wenn die Bitte über das hinausging, was man normalerweise erbitten kann.

Als sie den Salon der Michelez' betrat, wurde sie von einem Schwindel erfaßt. Nur der Gedanke an ihre Tochter hielt sie aufrecht. Sie lächelte, ohne zu wissen, daß sie lächelte. Wie jene Leute, die niemals in ihrem Leben jemandem etwas getan oder auch nur die kleinste Unhöflichkeit begangen haben, die niemals einen Dienst erbitten, niemandem etwas schulden und die ein ruhiges Gewissen haben, wartete der Unternehmer, selbstsicher und gewiß, eine gute Figur zu machen. Antoinette ihrerseits dachte an ihren Salon, versuchte sich beim Betrachten der Besucherin vorzustellen, wie der ihrige aussehen mochte. Edith tat ein paar Schritte. Da sie nicht sprach, sagte Jean Michelez zu ihr:

– Was verschafft uns das Vergnügen, um diese Uhrzeit Ihren Besuch zu erhalten, wobei er auf den Gegensatz von »diese Uhrzeit« und »Vergnügen« sehr stolz war.

Madame Auriol antwortete nicht. Es schien ihr plötzlich, daß die Bitte, die sie sich vorgenommen hatte vorzubringen, über das Erlaubte hinausging, daß das, was sie wagte, so schlimm war wie Diebstahl, daß sich gleich eine schreckliche Szene ereignen würde, die sie nicht vorhergesehen hatte. Es kam ihr vor, als sei sie auf frischer Tat ertappt worden, als sei sie, wie in den Träumen, unfähig, sich zu verteidigen, und als sei es zu spät, sich zurückzuziehen. Es mußte irgend etwas gesagt werden, sie mußte sprechen.

– Ich bin verlegen, ganz verlegen, Monsieur, Madame, Sie auf diese Weise zu stören, aber mein

Kind ist sehr krank. Ich habe Angst. Ich weiß nicht mehr weiter. Ganz allein mit meiner Tochter, weiß ich nicht, wie weiterleben. Mein Gott... mein Gott... Was soll ich bloß tun?

Obwohl sie gekommen war, um materielle Hilfe zu erbitten, hatte sie vor den Eheleuten Michelez nicht mehr den Mut, dieses Thema auch nur andeutungsweise zu erwähnen.

– Was hat Ihre Tochter? fragte Antoinette.

Edith legte die Hand auf die Brust, blieb einen Moment still, sagte dann:

– Sie hustet... Sie ist schwer krank... ich weiß nicht weiter... Retten Sie sie; vielleicht können Sie etwas tun.

– Aber wir sind keine Ärzte, sagte Jean Michelez.

– Das stimmt... entschuldigen Sie bitte... ich weiß nicht mehr, was ich rede, was ich tue. Seit drei Monaten lebe ich in einem wahren Alptraum.

Beim Sprechen wurde Edith zunehmend nervöser. Wie eine Angeklagte sah sie auf den Boden, wagte nicht, die Augen zu heben; auf dem Boden aber war das Bild ihrer Tochter. Sie erzählte von ihrem Leben, von Marcs Tod, von der Notlage ihrer Schwester; aus Bescheidenheit machte sie nicht die geringste Andeutung über ihre eigene verzweifelte Lage.

Plötzlich richtete sie sich auf, hob stolz den Kopf und sah Jean Michelez in die Augen.

– Entschuldigen Sie. Ich bin für Sie eine Fremde. Ich weiß nicht, warum ich gekommen bin und Sie jetzt störe. Ich werde wieder nach Hause gehen.

– Oh! Aber das ist doch ganz natürlich, Madame, sagte der Unternehmer.

Obwohl Madame Auriol nicht von sich gesprochen hatte, hatte er die Gründe für diesen Besuch herausgehört. So hatte er, als er sie sich verabschieden hörte, tiefe Erleichterung empfunden.

– Es gibt Momente im Leben, fügte er hinzu, da man das Bedürfnis hat, sich von anderen umgeben zu fühlen. Ich verstehe das sehr gut. Sie sind mit Ihrem Mädchen allein. Es tut Ihnen wohl, zu sprechen; das erleichtert Sie.

Antoinette, die nicht wie ihr Mann die Lage von Madame Auriol erraten hatte, fügte hinzu:

– Wenn Sie übrigens nachts etwas brauchen, brauchen Sie nur zu rufen. Wir werden dann unser Mädchen schicken. Man weiß ja nie.

Edith hatte sich auf die Tür zu bewegt. Als diese offenstand, wurde sie beim Anblick der Nacht, der Bäume, der Sterne plötzlich von Angst gepackt. »Meine Tochter wird wegen mir, ihrer Mutter, sterben, weil ich keinen Mut gehabt habe, weil ich es nicht wage, um Hilfe zu bitten.«

Sie drehte sich um. Jean Michelez hatte bereits das Terrassenlicht angezündet. Antoinette war aufgestanden und glich, mitten im Salon stehend, diesen Leuten, die darauf warten, daß man sich umdreht, um sie zu grüßen, und Angst haben, diesen Gruß zu verpassen.

– Hören Sie, Monsieur, sagte Edith, deren Züge von der Anstrengung, nicht schwach zu werden, angespannt waren, können Sie mir eine sofortige Hilfe gewähren? Ich muß verrückt sein, Sie darum zu bitten, aber ich kann nicht anders. Nur die Höhenluft, nur die Berge können meine Tochter retten. Der Doktor hat es mir gesagt und ich weiß es. Monsieur, dieses Geld werde ich Ihnen zurückgeben, darauf haben Sie mein Wort. Ich werde arbeiten. Und wenn ich mein Leben damit zubringen muß, es Ihnen zurückzuzahlen, werde ich es tun. Haben Sie Erbarmen mit mir, Monsieur.

– Aber Madame, sagte Antoinette.

– Sie haben selbst Kinder, Madame, fuhr Edith fort, die plötzlich die Vorstellung hatte, nur Antoinette werde sich weigern, ihr zu helfen. Stellen Sie sich einen Moment lang vor, daß sie krank wären und Sie nicht über die Mittel verfügten, ihnen zu helfen. Sie würden dasselbe tun wie ich. Sie...

– Sprich nicht, Antoinette, ich bitte dich, sagte der Unternehmer. Laß Madame ausreden.

Diese Unterbrechung ließ Edith erstarren. Sie wollte weitersprechen, fand aber keine Worte mehr. Als hätten nur sie ihr beistehen können, hatte sie plötzlich das Gefühl, diesem Paar ausgeliefert zu sein; man werde sie fragen, mit welchem Recht sie sich erlaubte, so zu Fremden zu kommen; und man werde sie von ihrer Tochter trennen. Sie stieß einen Schrei aus, sah, wie Jean Michelez seiner Frau ein Zeichen machte, und fiel in Ohnmacht. Als sie wieder zu sich kam, lag sie halb auf dem Sofa des Salons ausgestreckt. Antoinette war nicht mehr da.

Jean Michelez hielt ein Tuch in der Hand und sah sie an.

– Kommen Sie, kommen Sie… Madame, sagte er, machen Sie sich nicht solche Sorgen. Es ist noch nicht alles verloren. Sie haben genug Erfahrung, um zu wissen, daß auch die schlimmsten Dinge sich wieder einrenken. Ist Ihre Tochter denn so krank? Vor einigen Wochen spielte sie noch im Garten. Wie alle Mütter sind Sie zu besorgt. Warten wir ein wenig ab. Es wird sich zeigen. Wenn es der Zustand Ihrer Tochter wirklich verlangt, werden wir sehen. Aber zunächst sollte man abwarten. Wir werden mit dem Doktor sprechen, wir werden sehen, was er sagt, wir werden prüfen, was zu tun ist. Und Sie werden sehen, daß sich alles zum Besten fügen wird.

Edith war aufgestanden. In diesem Moment trat Madame Michelez ein.

– Geht es besser? fragte sie.

– Ich bitte dich, laß Madame in Ruhe, sagte der Unternehmer noch einmal.

– Warum? Ich kann mit Madame ebensogut reden wie du!

Und sich Edith zuwendend, fragte sie sanft:

– Haben Sie auch alle Ihre Verwandten gefragt? Sie sind nicht allein auf der Welt. Niemand ist allein auf der Welt.

– Ich weiß nicht… ich weiß nicht…, stammelte Edith.

– Ich bitte dich, laß sie in Ruhe, fuhr Jean Michelez fort.

Madame Auriol hatte sich unmerklich zur Tür begeben.

– Sie können sicher nicht? flehte sie, als sie bereits auf der Terrasse war.

Jean Michelez sah seine Frau an. Diese senkte die Augen, um mit der Antwort, die ihr Mann geben würde, nichts zu tun zu haben.

– Ich habe Ihnen gesagt, Madame, wir werden sehen. Warten Sie. Seien Sie doch nicht so ungeduldig!

Der Mond hatte sich versteckt. Edith folgte tastend dem kleinen Weg, der zum Gartenhaus führte. Sie fühlte sich, als käme sie aus einem Schwitzbad. Sie atmete tief die frische Nachtluft ein. »Morgen werde ich diesem Herrn einen Entschuldigungsbrief schreiben. Was ich da getan habe, ist beschämend und lächerlich. Wie konnte ich es nur wagen, ich frage mich, wie nur? Ich muß verrückt sein. Diese guten Leute haben es erkannt. Ach! Wirklich, was soll ich tun, was nur?« Sie öffnete die Tür des Häuschens. Dinah, an ihr Kissen gelehnt, war wach. Sie blickte starr ins Licht und zuckte beim Näherkommen ihrer Mutter nicht einmal mit den Wimpern.

– Nun, Dinah, schläfst du nicht?

Sie schüttelte den Kopf.

– Das ist unvernünftig. Ich hatte dir doch gesagt, du sollst schlafen, damit du ein großes Mädchen wirst. Madame Auriol lächelte ihr Kind an. Sie setzte sich auf den Rand des Bettes, nahm ihre Hände. Dann drückte sie Dinah plötzlich an sich und bedeckte sie mit Küssen.

Als seine Frau nach oben gegangen war, um sich hinzulegen, begab sich Jean Michelez in sein Arbeitszimmer, ging dort einige Minuten lang mit großen Schritten auf und ab, lehnte sich dann aus dem Fenster. Durch das schon tote und nicht mehr undurchsichtige Laubwerk sah man das Häuschen von Madame Auriol. In einem Fenster brannte Licht. In der Nacht sah es wie ein Stern aus, und die von ihm beleuchteten Personen kamen ihm so fern vor, als lebten sie auf einem anderen Planeten. Er kehrte in den Raum zurück und ging kurz darauf automatisch wieder ans Fenster.

Jean Michelez dachte darüber nach, was soeben geschehen war. »Und ich«, murmelte er, »wenn ich krank wäre, wenn ich nichts hätte, würde sie, diese Dame, kommen, um mir zu helfen, würde sie sich für mich interessieren? Es stimmt, was Antoinette sagt, ich bin ein Mann, und es ist nicht Sache einer Frau, mir zu helfen. Ja, aber wenn ich mir nicht mehr zu helfen wüßte, allein, ohne Existenzmöglichkeiten! Nein, sie würde nicht kommen. Sie würde nicht kommen, da bin ich mir sicher. Wenn ich sie anflehen würde, würde sie mir antworten, daß sie mich nicht kennt. Was ist jedesmal, wenn ich jemandem einen Dienst erwiesen habe, geschehen! Man hat sich über mich lustig gemacht. Ohne daß ich irgendeine Anerkennung erwartet hätte, aber man hat mir nicht einmal gedankt. Ich bin jetzt siebenundvierzig Jahre alt. Wenn ich zurückblicke, sehe ich nicht einen einzigen glücklichen Tag. Meine berufliche Stellung verdanke ich nur meinem Vater. Was wäre ich ohne ihn? Wer hätte mir die Hand gereicht? Niemand, niemand. Jedesmal, wenn ich geliebt habe, hat man sich von mir abgewandt. Und heute soll ich das alles vergessen, soll ich dieses Geld, das ich trotz allem verdient habe, hergeben; ich soll wie ein Mann handeln, der sein ganzes Leben lang Glück gehabt hat, dem alles zugelächelt hat. Aber weiß man denn, daß selbst dieser Mann nicht zu allem bereit wäre, was man verlangt? Und ich soll großzügig, uneigennützig sein! Nein... Nein. Man ist es mir gegenüber nicht gewesen, ich werde es anderen gegenüber nicht sein. Ich verlange von niemandem etwas. Niemand hat das Recht, mich um etwas zu bitten. Man soll mich in Frieden lassen. Ich störe auch die Ruhe anderer nicht.«

Diese Überlegungen führten dennoch nicht zu der Ruhe, die er suchte. Madame Auriol war ihm bis heute sympathisch gewesen. Er hatte sich oft gefragt, wie ihr Leben wohl ausgesehen haben mochte. Da er sie immer allein sah, nahm er an, daß sie Sorgen, Kummer haben mußte. Und diese Vermutung brachte sie ihm näher. Ihre Vornehmheit, ihr Stolz, ihre Zurückhaltung hoben sie von der Aufdringlichkeit der anderen Nachbarn ab. In seinem kleinbürgerlichen Denken gab es irgendwo eine Art Volksstamm, bei dem die Sitten fein entwickelt waren, bei dem Rücksichtnahme herrschte und von dem, wie er sich vorstellte, er ein verirrtes Mitglied war. Sicherlich gehörte diese junge Frau diesem mysteriösen Stamm an. Aber jetzt schien ihm Madame Auriol trotz der

Aufrichtigkeit ihres Hilferufs und trotz ihrer Scham nicht mehr dazuzugehören. Mit einem Schlag war sie auf die Stufe aller Frauen herabgesunken. Die Tatsache, daß sie ihn um Hilfe gebeten hatte, machte sie häßlich. Von einem Tag auf den anderen hatte er alle Achtung vor ihr verloren. Er merkte, daß er nunmehr keinerlei Bedenken hatte, ihr Hilfe zu verweigern. Die Frage der Eigenliebe war damit erledigt. Nur die Pflicht blieb übrig und vielleicht auch ein bestimmtes Gefühl, das ihm sagte, er solle von sich absehen, um besser verstehen zu können, während ihm ein unklarer Instinkt befahl, in der Defensive zu bleiben. Zu oft war er betrogen worden, als daß er noch irgend etwas spontan getan hätte. Er überlegte dennoch weiter, aber in diesem Gefühl von Sicherheit, das man empfindet, wenn die Entscheidung, die man trifft, um eines moralischen Gewinns willen zu einem materiellen Verlust führen muß. Er hatte Zeit, das auf den nächsten Tag zu verschieben. Es eilte nichts. Der Konflikt schien allein deshalb, weil er ihn wahrnahm, eine Art Burgfrieden zu schaffen, der ihn vor allen Zornesausbrüchen schützte. Sein Besitz blieb ihm, und doch war das Opfer so gut wie gebracht.

Am folgenden Morgen konnte Jean Michelez der Neugierde nicht widerstehen, zu Madame Auriol zu gehen. Obwohl er keine Entscheidung hinsichtlich ihrer Bitte getroffen hatte und weit davon entfernt war, ihr zu entsprechen, schien es ihm, daß er sich schon allein deswegen, weil man ihn gebeten hatte, nicht mehr zurückzuhalten brauchte.

– Du wirst doch nicht zu ihr gehen, sagte Antoinette. Sie wird deinen Besuch als Zusage verstehen. Du nimmst ein bißchen zu viel Anteil. Nachher kannst du nicht mehr zurück.

– Keineswegs. Ich gehe hin, um es mir anzusehen. Ich habe das Recht, wenn man mich um Geld bittet, zu erfahren, was genau es damit auf sich hat.

Der Himmel war bedeckt. Ein frischer Wind hatte sich erhoben. Die ersten toten Blätter begannen herabzufallen, mit den eigenwilligen Drehungen von einem Wasserstrudel erfaßter Strohhalme. Er ging auf das kleine Häuschen zu. Morgens, bei Tageslicht, nahm alles eine klarere Bedeutung an. Er machte diesen Gang unter anderem deshalb, weil er vage erriet, daß Madame Auriol sich jetzt ihrer Kühnheit schämte und eingesehen hatte, daß sie über das Schickliche hinausgegangen war; ohne es zu merken, war er dabei, Entschuldigungen zu suchen. Sie würde sich sicherlich entschuldigen mit: »Oh! Seien Sie mir nicht böse, Monsieur Michelez. Ich war so nervös gestern abend, daß ich mir die Freiheit genommen habe, zu Ihnen zu kommen. Verzeihen Sie mir. Im übrigen wird sich alles lösen, ich werde an Freunde und Verwandte schreiben.« Das erwartete er. Eine so distinguierte Frau wie Madame Auriol konnte nur etwas Derartiges sagen.

Die Fensterläden des Gartenhäuschens standen offen. Er klopfte und trat ein. Sofort war er von der Eigenart der Möblierung überrascht. Es gab sozusagen nur Stoffe. Auf einem Diwan, dessen Laken bis zum Boden herabhingen, lag Dinah. In der Mitte des Zimmers stand ein kleiner weißer Holztisch. Die einzigen Sitzgelegenheiten waren eine Gartenbank und zwei Korbsessel. In einer Ecke vermittelte eine mit einem Tuch bedeckte Kiste den Eindruck eines Möbelstücks. Orangefarbene und blaue Töpfe, ein paar Blumen und ein kleiner Teppich heiterten mit ihren Farben das Zimmer auf. Und diese halb bohemehafte, halb künstlerische Möblierung wurde von einer Papiertapete eingerahmt, die so altmodisch war wie die Badeanzüge der Vorkriegszeit, die parallel und vertikal mit gelblichen und weißen Streifen bedruckt waren.

Kaum, daß er eingetreten war, setzte sich der Unternehmer und sagte, wie man zu einem Kind spricht:

– Was war denn gestern abend geschehen, Madame? Sie kamen mir verwirrt vor.

Edith hatte in Eile einen Morgenrock übergezogen.

– Ich wollte Ihnen gerade schreiben, antwortete sie.

– Um mir was zu sagen?

– Um mich zu entschuldigen, Monsieur. Ich habe mich gestern abend sehr schlecht benommen. Es war für Dinah, fügte sie hinzu, wobei sie auf ihre Tochter zeigte und, während sie sie zärtlich ansah, ihre Worte sofort vergaß.

Das Kind hatte sich im Bett aufgesetzt; da dieses nur mit der Breitseite an der Wand stand, konnte sie sich nicht anlehnen. So bemerkte Jean Michelez, daß der Rücken des Mädchens so krumm war, daß er einen Halbkreis bildete. Sie sah ihn an und, da er im selben Moment seine Augen auf sie richtete, errötete sie, drehte den Kopf weg, senkte die Lider.

– Es geht dir nicht gut, meine Kleine? fragte er das Kind. Ich mache dir Angst.

Dinah hob und senkte die Augen mehrere Male, ohne den Kopf zu bewegen, und errötete noch mehr.

– Ich werde dir nichts tun.

Ihre Brust hob und senkte sich. Man erriet, daß die Anwesenheit dieses Mannes für sie ein außergewöhnliches Ereignis war. Ihre Kehle schnürte sich zusammen. Zwischendurch zitterten ihre Finger für Augenblicke. Madame Auriol näherte sich ihr, setzte sich neben sie, umfaßte ihre Taille, um sie dazu zu bewegen, sich aufzurichten.

– Nun, Dinah, sagte sie, antworte dem Herrn, er ist sehr nett.

Sie warf sich gegen die Mutter. Nach einer Weile wagte sie schließlich einen Blick.

– Ich sehe doch gar nicht so böse aus!

– Oh! Nehmen Sie es nicht übel, Monsieur. Sie ist eine kleine Wilde.

– Ich verstehe... ich verstehe... Mit einem solchen Charakter wird sie nicht viele Freundinnen haben.

Madame Auriol hörte dem Unternehmer nicht zu. Sie bemühte sich, ihr Kind zum Lächeln zu bringen. Aber je mehr sie darauf drang, desto unwilliger wurde das Kind. Plötzlich verbarg Dinah ihr Gesicht ganz an der Brust ihrer Mutter, während eine Hand frei herabhing, die man anfassen konnte und die nicht an den Körper gepreßt war, was deutlich machte, daß es nicht eine Angst war, wie man sie etwa vor einem Unfall hat, die sie aus der Fassung brachte.

Hinter seiner Aufgeräumtheit war Jean Michelez etwas verlegen. Wie bei vielen schüchternen Personen genügte es, daß er, der sich gewöhnlich in allen Lebenslagen sicher fühlte, mit jemandem zusammen war, den seine Anwesenheit verlegen machte, daß sein wahres Wesen sich zeigte. Madame Auriol wußte nicht, was sie ihm sagen sollte, und wollte doch liebenswürdig sein. Er spürte das. Außerdem wurde ihm allmählich klar, daß diese Mutter und ihre Tochter ein eigenes Leben hatten, in das er ohne besonderen Grund eindrang, zumal er ja sehr wohl wußte, daß er ihnen nie zu Hilfe kommen würde.

Er unterhielt sich mit Madame Auriol, als er seine Frau von der Villa herüberrufen hörte:

– Jean… Jean… Monsieur Dausset ist da. Er möchte dich sprechen.

Der Unternehmer erhob sich und eilte nach einer Entschuldigung seinem Anwesen zu.

– Nun, was ist los, fragte Dausset sofort.

Madame Michelez hatte ihm alles erzählt, und diese Geschichte beschäftigte ihn mehr, als er zeigen wollte, denn Madame Auriol war seine Mieterin. Man könnte ihm Vorwürfe machen. Er bildete sich ein, für diese Geschichte teilweise verantwortlich zu sein. Man könnte ihm sagen: »Sie vermieten ja an tolle Leute. Sie nehmen also jedermann auf? Sie akzeptieren Leute, ohne vorher Erkundigungen über sie einzuholen?«

– Was ist denn nun geschehen? Madame Michelez hat mir alles erzählt. Das ist ja unglaublich. Ich hätte so etwas nie voraussehen können. Was ist denn nun genau geschehen? Ah! Diese Nachkriegsmenschen, die sind mir schon die richtigen. Am Ende werde wieder einmal ich es sein, der mit dieser Sache den meisten Ärger hat.

Es ist eine Manie von Kleingeistern, ständig zu befürchten, daß noch ihre unbedeutendsten Handlungen schwere Folgen haben würden. Haben sie zufällig ein Dienstmädchen weiterempfohlen, das trinkt, fühlen sie sich sofort kompromittiert. Schadensersatz ist ihre Phobie.

Monsieur Dausset wußte nicht mehr aus noch ein. Der Unternehmer, der das bemerkte, sagte zu ihm:

– Sie können mit sich zufrieden sein! Sie haben mir einen schönen Streich gespielt. Ihretwegen bin ich nun in einer sehr unangenehmen Lage. Sagen Sie mir, was ich jetzt machen soll. Ich höre.

Der Eigentümer überlegte einen Augenblick, dann antwortete er:

– Das ist ganz einfach. Ich werde ihnen kündigen. Am Monatsende sind sie raus.

Während es für ihn selbst eine Staatsaffäre war, wenn ihm gekündigt wurde, und er den Eigentümer lieber verklagt hätte, als eine Wohnung gegen seinen

Willen zu räumen, fand er es ganz natürlich, bei den »Leuten von heute« keinerlei Rücksicht zu nehmen.

– Das können Sie nicht tun, Monsieur Dausset, sagte Antoinette.

– Ich kann tun, was mir gefällt, aber ich meine, fuhr der Eigentümer fort, daß ich sie hinauswerfen werde, wenn sie ihre Miete nicht zahlen, was, wie mir scheint, bald der Fall sein wird. Ich muß auf Krankheit, Tod, Heirat oder Scheidung keine Rücksicht nehmen. All das geht mich nichts an. Und da ist noch etwas anderes. Bei sich zu Hause sollen sie tun, was sie wollen, dagegen habe ich nichts einzuwenden, solange sie nichts beschädigen, natürlich. Aber daß es ihnen einfällt, ihre Nachbarn zu behelligen, das geht zu weit. Für wen halten die mich? Dann sehe ich so aus, als würde ich sie heimlich dazu ermutigen, als würde ich die Augen davor verschließen, als wäre ich ihr Komplize und würde mit ihnen sogar halbe-halbe machen, wenn die Sache gelingt.

–Wir sind uns in dieser Sache mit Ihnen einig, Dausset. Dennoch braucht man nicht aus den Augen zu verlieren, daß die Kleine schwer krank ist.

Ohne es zu merken, verteidigte Jean Michelez nun Mutter und Kind, um etwas für sie zu tun, das ihn nichts kostete.

– Was beweist Ihnen im übrigen, daß sie wirklich krank ist, diese Kleine? Das Ganze ist vielleicht eine Komödie, um Sie zu rühren. Dausset hatte das »Sie« sehr betont, um durchklingen zu lassen, daß nicht er um etwas gebeten worden war und daß ihn die ganze Angelegenheit nichts anging.

– Wir werden ja sehen, sagte Antoinette. Doktor Python ist übrigens gerade unterwegs zu ihnen. Sie brauchen nur hinüberzugehen, meine Herren.

– Und selbst, wenn sie krank ist, fuhr Monsieur Dausset fort, können Sie nichts dafür, Michelez. Ich versichere Ihnen, wenn Sie anfangen, diesen Leuten zu helfen, werden sie täglich an Ihre Tür klopfen. Und glauben Sie bloß nicht, daß das Spaßmacher sind. Sie meinen es alle ernst. Sie sind alle arm dran. Sie werden alle tausend gute Gründe vorbringen, um Sie zu rühren. Versuchen Sie es ruhig. Sie werden schon sehen. Mir soll es recht sein. Danach werden Sie zu mir kommen und sagen: »Ah! wenn ich nur auf Sie gehört hätte.« Genau das werden Sie sagen, ich versichere es Ihnen!

Jean Michelez war von den Worten Daussets tief angeekelt. Dieser Egoismus brachte ihn auf. Natürlich kam es ihm nicht in den Sinn, Madame Auriol zu helfen, aber er glaubte, daß er ganz andere Gründe dafür hatte. Die ewige Überlegung: »Wenn ich krank wäre, wenn ich jemanden bräuchte, wer würde sich dann um mich kümmern? Keiner. Warum also soll ich diesen Leuten zu Hilfe kommen, die im umgekehrten Fall nicht einmal den Kopf in meine Richtung drehen würden«, bestimmte seine Haltung. Sie erschien ihm gerechtfertigt, dagegen die Haltung von Dausset, welche Niedertracht, welche dunklen Eifersuchtsgefühle, welche Rachegefühle bestimmten sie!

Dennoch gab es im Fall von Madame Auriol einen Punkt, der das ruhige Gewissen von Jean Michelez trübte, obwohl er alles tat, um ihn nicht zu sehen. Er hatte nämlich das unbestimmte Gefühl, der Frau gegenüberzustehen, die bei vertauschten Rollen ihn nicht verlassen hätte, der Frau gegenüberzustehen, die ihn im Gegensatz zu all den anderen, die ihn hatten leiden lassen, glücklich gemacht hätte. Er hatte dieses Gefühl, aber gleichzeitig hatte er Angst, sich zu täuschen. Hatte Denise nicht den gleichen Eindruck in ihm erweckt? Und Schiebelhut? Und sein jüngerer Bruder? Ah! Wenn es um Dausset gegangen wäre, wie einfach wäre alles gewesen! Wie leidenschaftlich hätte er sogar gewünscht, daß der noch tiefer sänke.

– Nun, mein Alter, was werden Sie tun? frage Dausset.

– Nun, da ist nicht viel zu machen, was wollen Sie. Man muß abwarten. Wir werden sehen. Sie sollten ihnen Ihrerseits ein bißchen Mut machen, sie aufsuchen, ihnen zu verstehen geben, daß Sie die Miete nicht zum festgelegten Termin verlangen werden, sie ermuntern, ihnen ein bißchen Hoffnung schenken.

– Sehr gut, was Sie da sagen, mein Lieber, aber ich bin erstaunt, daß Sie trotz unserer Bekanntschaft nicht wissen, daß das Kapital für mich unantastbar ist. Und wenn ich will, daß mein Kapital erhalten bleibt, müssen meine Einnahmen auf den Tag genau eintreffen. Sie werden mich sicherlich verstehen. Warten Sie, ich hab Sie gleich. Opfern Sie doch den

Gewinn, den Sie aus dem Bau des Häuschens von Auteuil ziehen, Sie wissen, das Chalet von Hannotelle. Es ist ganz einfach. Sie brauchen sich nur vorzustellen, daß dieser Monsieur Hannotelle nie ein Häuschen in Auftrag gegeben hat, besser noch, daß es ihn gar nicht gibt. Da sich Monsieur Hannotelle nur durch Zufall an Sie gewandt hat, verlieren Sie im Grunde nichts. Nicht wahr? Wie angenehm, oder? Jetzt können Sie zufrieden sein. Sie haben Ihre Einkünfte wie immer. Worüber beklagen Sie sich?

Jean Michelez antwortete nicht. Es war seine Frau, die das Wort ergriff.

– Verzeihung. Bei den Ausgaben, die wir seither gehabt haben, der Garage, dem Auto, werden wir auf diesen Gewinn nicht verzichten können. Wenn Sie übrigens so argumentieren, Monsieur Dausset, kann man auch sagen, daß alle Geschäfte rein zufällig zustande kommen. Ein Kunde kann sich ebensogut an ein Konkurrenzunternehmen wie an meinen Mann wenden.

In diesem Moment sahen die beiden Männer Doktor Python in Begleitung von Madame Auriol aus dem Gartenhaus kommen. Sie gingen schnell auf ihn zu.

Der Arzt ließ Edith zurück, als er Jean Michelez und Dausset sah.

– Sie wollten mich wegen der Kleinen sprechen? Sie ist sehr krank, dieses Kind. Hier ist es feucht und warm, und es gibt hier keine Luft. Schon zehnmal habe ich die Mutter aufgefordert, wegzufahren. Sie hat offensichtlich nicht viel Geld. Hören Sie, Michelez, wenn Sie auf sie einwirken können, dann bringen Sie sie dazu, so schnell wie möglich Paris zu verlassen.

– Aber ich habe überhaupt keinen Einfluß auf sie, sagte der Unternehmer schnell.

– Sie muß abreisen. Sie weiß es im übrigen sehr gut.

Als er den Boulevard erreichte, entfernte sich der Arzt.

– Gehen wir Madame Auriol besuchen, sagte Dausset zu Jean Michelez.

– Ich möchte nicht noch einmal zu ihr gehen. Ich komme gerade von dort.

– Warten Sie also auf mich, ich werfe einen Blick hinein und komme zurück. Ich muß ja immerhin wissen, was bei mir vorgeht.

Kurz darauf betrat er das Gartenhaus. Er betrachtete alle Gegenstände und Stoffe, die dem Inneren eine gewisse Fröhlichkeit verliehen, mit Überheblichkeit und Verachtung, da er alle Preise kannte und wußte, daß diese Ausstaffierung, auch wenn sie etwas hermachte, kaum einen Wert hatte. »Anstatt ihre Armut zu akzeptieren«, dachte er, »und ihren Möglichkeiten entsprechend zu leben, wollen diese Leute von heute allen Sand in die Augen streuen. Sie verzichten aufs Essen, um Blumen, Parfüm und Spitzentaschentücher zu kaufen.«

– Nun, Dinah, erkennst du Monsieur Dausset nicht? sagte er zu dem Kind, das, von den aufeinanderfolgenden Besuchen Jean Michelez' und des Doktor Python erschöpft, nicht einmal die Augen gehoben hatte, als der Eigentümer eingetreten war. Und wo ist deine Mama?

In diesem Moment kam Madame Auriol, noch immer im Morgenmantel, aus dem Nachbarzimmer. Als sie Monsieur Dausset sah, dachte sie, er käme, um Geld zu verlangen, und ihr Gesicht verdüsterte sich. Er erriet es, hütete sich indes, ihr die Angst zu nehmen, damit sie später diese Nachsicht nicht ausnutzte, indem sie sich entzog. Schließlich sagte er:

– Offenbar geht es Ihnen nicht gut. Sie sitzen hier in Ihrem Winkel, ohne etwas zu tun. Sie sollten Ihre Verwandten, Ihre Freunde besuchen, was weiß ich. Es sollte nicht an mir sein, Ihnen Ratschläge zu erteilen. Einer hübschen Frau wie Ihnen kann es doch nicht an Verbindungen fehlen. Wenn Sie jedoch glauben, daß die Leute zu Ihnen kommen, daß es genügt, auf sie zu warten, dann verstehe ich natürlich alles.

Madame Auriol empfand für Monsieur Dausset eine tiefe Abneigung. In ihrer Gegenwart unterließ er es nie, anzudeuten, obwohl ihn für seine Person diese Dinge nichts angingen, »sie solle sich das Leben nicht immer schwermachen«. Obwohl sie, was diese Art von Anspielungen betraf, wenig Erfahrung hatte, fühlte Edith doch, worum es ging. Sie ekelte sich davor. Aber wie ein Kind wäre sie lieber gestorben, als sich anmerken zu lassen, daß sie verstand.

– Schließlich ist jetzt oder nie der Augenblick, eine Lösung zu finden, fuhr Monsieur Dausset fort. Sie leben in einer Zeit, wo man diesen Dingen keine Beachtung schenkt. Heutzutage ist man nachsichtig. Die Frauen zeigen ihre Beine, ihre Brust und noch anderes. Niemand sagt etwas dagegen. Nicht wahr?

Madame Auriol wurde es immer peinlicher. Als hätte ihn genau das bewogen, weiterzumachen, fuhr der Hausbesitzer fort:

– Wenn Sie wollen, daß Ihr Kind gesund wird, heiraten Sie, bleiben Sie nicht so allein. Sie verstehen mich sicherlich. Eine Frau, die keinen zuverlässigen Gefährten hat, ist verloren.

Edith bemerkte plötzlich, daß Monsieur Dausset ständig auf ihre Brust blickte. Sie senkte die Augen. Ihr Morgenmantel war leicht geöffnet. Sie schloß ihn daraufhin mit einer so abrupten Geste, daß Monsieur Dausset beleidigt war. Er erhob sich.

– Ich verlasse Sie, Madame. Überlegen Sie sich gut, was ich Ihnen gesagt habe, und seien Sie in Zukunft weniger heftig. Ich sage Ihnen das in Ihrem eigenen Interesse und in dem des Kindes, das ja nichts dafür kann, das arme.

Als Jean Michelez zu Hause angekommen war, mußte er unwillkürlich an die zynische Haltung von Dausset denken. Sie widerte ihn an.

– Ich wette, sagte er zu Antoinette, daß er die Situation ausnutzen wird. Das übertrifft alles. Ich verstehe, daß man die Tasche nicht allzu weit aufmacht, aber die Verlegenheit einer alleinstehenden Frau und die Krankheit ihres Kindes auszunutzen, um sie rumzukriegen, finde ich widerwärtig.

Der Unternehmer ging in seinem Arbeitszimmer auf und ab. Alles, was er an Großzügigem in sich hatte, begann sich zu regen, aber gleichzeitig hielt ihn die Angst, der Genarrte zu sein, erneut getäuscht zu werden, zurück. Er hatte plötzlich das große Bedürfnis, dieser Frau beizustehen, sie zu beschützen, ganz für sie dazusein, während ihm andererseits ein Gefühl der Vorsicht befahl, nichts zu tun. Ah! Wenn es nicht um Geld gegangen wäre, wenn Madame Auriol reich gewesen wäre und sie mit derselben Dringlichkeit einer Verzweifelten nicht um materielle Hilfe, sondern um moralische Unterstützung gebeten hätte, wie hätte er sich ihr offenbart! Er hatte genug Feuer in sich, um am Ende auch sein Leben zu riskieren. Er hätte alles getan. Er wäre mehr als ein Ehemann, mehr als ein Vater für sie gewesen.

Während des folgenden Monats vermied es Jean Michelez sorgsam, Madame Auriol zu begegnen. Von Zeit zu Zeit schickte er seine Frau, sich nach Dinah zu erkundigen. Es ging ihr ein wenig besser. Er war darüber hocherfreut. Alles wurde also gut. Er suchte Zeit zu gewinnen, zu vergessen, ohne sich deswegen wie ein harter Mann zu benehmen.

Als er sich nachmittags in seinem Büro aufhielt, trat eine Stenotypistin ein, um ihm Madame Auriol zu melden. Sein erster Gedanke war, ihr auszurichten, daß er nicht da sei. Er sah ein Unglück kommen. Sie würde ihn erneut um einen Gefallen bitten. Doch er wagte es nicht, Edith nicht zu empfangen.

Beim Anblick der jungen Frau war er sogleich beruhigt. Sie war gefaßter als bei ihrem letzten Zusammentreffen.

– Entschuldigen Sie, daß ich Sie störe, sagte sie, Madame Michelez hat mir gesagt, daß ich Sie unbesorgt in Ihrem Büro aufsuchen könnte. Ich bin zu Ihnen gekommen, weil Sie nicht von mir denken sollen, daß ich Ihnen etwas nachtrage. Ich wäre schon früher gekommen, wenn meine Tochter nicht krank gewesen wäre. Jetzt geht es ihr etwas besser, und ich bin so glücklich, daß es mir unangenehm wäre, denken zu müssen, ich könnte Sie verletzt haben oder Sie könnten glauben, ich sei Ihnen böse. Meine Schwester hat ein wenig geholfen. Es ist natürlich nicht die Rede davon, Paris zu verlassen, aber im Moment bin ich voller Hoffnung. Ich muß verrückt gewesen sein. Verzeihen Sie mir. Ich hatte den Kopf verloren. Heute kann ich kaum glauben, daß ich imstande war zu tun, was ich getan habe.

– Es freut mich für Sie. Ich freue mich sehr, sagte Jean Michelez, den diese Veränderung der Umstände mit Freude erfüllte. So haben Sie im Moment alles Nötige?

– Ja. Meine Schwester hat mir ein wenig Geld geben können. Ich habe Monsieur Dausset bezahlt, der fürchterlich ist, wissen Sie. Ach, von einem bestimmten Moment an konnte ich ihn nicht mehr ertragen. Er kam fast jeden Tag. Erst seit meine Schwester mir geholfen hat, kommt er nicht mehr. Ich habe noch ein wenig Geld, um den Arzt zu bezahlen und für das tägliche Leben. Und mein Schwager hat mir versprochen, daß er Dinah am ersten Januar nach Leysin bringen wird. Er wird sich um alles kümmern. Er wird sich erkundigen. Und dann alles in Ordnung bringen.

Kurz nachdem Madame Auriol gegangen war, verließ der Unternehmer sein Büro. Er war so außer sich, daß er es nicht länger in geschlossenen Räumen aushielt. Als er an einem Lebensmittelgeschäft vorbeiging, kaufte er eine Flasche Champagner. Abends ging er vor dem Abendessen zu Edith. Es war sechs Uhr. Die Nacht war schon fast angebrochen. Dinah war gerade eingeschlummert. Sie fieberte. Rosa Flekken färbten ihre Wangenknochen. Ihr Haar schien üppiger als zuvor und voll ungewöhnlichen Lebens.

– Ich bringe Ihnen, Madame, sagte er, ein wenig Champagner für die Kleine. Er regt den Kreislauf an. Es wird ihr vielleicht guttun.

– Sie sind zu liebenswürdig, Monsieur. Sie hätten sich wirklich keine Umstände machen sollen.

Von diesem Tag an veränderte sich der Unternehmer völlig. Während er noch am Tag vor Ediths Besuch sein Haus verließ, ohne einen Blick in die Richtung des Gartenhäuschens zu wenden, aus Angst, er könne Madame Auriol sehen und gezwungen sein, sie zu grüßen, war es nun seine einzige Sorge, Dinahs Qualen zu lindern. Morgens ging er häufig nicht mehr in sein Büro; er verbrachte den Vormittag damit, mit dem Mädchen zu spielen oder ihr Geschichten zu erzählen. Seine wahre Natur hatte die Oberhand gewonnen, jetzt, da es nicht mehr um Geld ging. Abends hörte er zeitiger zu arbeiten auf, um eine oder zwei Stunden bei Madame Auriol verbringen zu können, und brachte aus Paris mal ein Spielzeug, mal Blumen, Obst oder Süßigkeiten mit. Nach dem Abendessen ging er wieder zum Gartenhaus. Wenn das Kind schlief, unterhielt er sich leise mit der Mutter, machte ihr Mut, gab ihr Ratschläge, redete ihr zu, die Hoffnung nicht aufzugeben. »Es gibt, das kann ich Ihnen sagen«, bekräftigte er jedesmal, wenn Madame Auriol irgendwelche Befürchtungen äußerte, »in den Krankenhäusern von Paris Kranke, die viel schlimmer dran sind als Ihre Tochter. Glauben Sie denn, man würde sie dabehalten, man würde sie nicht aufs Land oder in die Berge schicken, wenn man nicht der Meinung wäre, sie heilen zu können. Die Luft ist sowieso mehr oder weniger überall dieselbe. Solange Ihre Tochter nur draußen ist, das ist das Wichtigste.« Madame Auriol ließ sich gerne überzeugen. Sie sagte dann: »Wir werden noch Doktor Python fragen.« Und dieser, den Jean Michelez über Ediths Lage aufgeklärt hatte, umging jede Antwort. Sobald das Mädchen klagte, erhob sich der Unternehmer, richtete die Kissen, gab ihr ein Glas Limonade, fragte sie, ob sie nicht das Bett verlassen und sich in den Liegestuhl legen wolle, den er morgens von seiner Villa herübergebracht hatte, ob sie kein Spielzeug wolle. Er legte ihr eine Puppe in den

Arm. Sie war so schwach, daß sie sie manchmal fallen ließ. Es brauchte nicht mehr, um sie zum Weinen zu bringen. Der Winter rückte näher. Der Besserung, die sich im vorangegangenen Monat abgezeichnet hatte, folgten Fieberzustände und eine Nervosität, die dem Kind den Schlaf raubten. Kaum war sie eingeschlafen, so schreckte sie hoch, mit schweißbedeckter Stirn und verlorenen Augen. Sie hatte wieder keinen Appetit. Es regnete tagelang. Bei geschlossenen Fenstern schwand sie in ihrem Zimmer dahin. Dennoch irrte jedesmal, wenn Jean Michelez kam, ein leichtes Lächeln über ihr Gesicht. Er hatte ihre Sympathie gewonnen. Sie sprach nicht mit ihm, ließ ihn aber manchmal einige Minuten nicht aus den Augen. Wenn ihre Mutter allein bei ihr war, kam es vor, daß sie fragte: »Wo ist Monsieur Jean? Ich möchte, daß er hier ist. Hol ihn, Mama.« Edith gehorchte, und wenn der Unternehmer zu Hause war, kam er mit irgendeinem Spielzeug oder mit Bonbons angelaufen, setzte sich zu ihr und erzählte ihr Geschichten, denen sie verzückt, aber ohne zu verstehen, lauschte.

Eines Sonntagnachmittags (gewöhnlich verbrachte der Unternehmer den Sonntag auf dem Land bei Freunden, da sich der Zustand von Dinah aber plötzlich verschlechtert hatte, war er in Paris geblieben) traf Jean Michelez Monsieur Dausset bei Madame Auriol. Er saß da, den Hut auf den Knien, und schien zu warten, was dem Unternehmer seltsam vorkam, da er wußte, daß der Eigentümer sehr gesprächig war. Edith saß ebenfalls da, aber am Fuß des Bettes, die Arme gegen den Körper gedrückt, nach vorne gebeugt, den Kopf gesenkt. Beim Anblick von Jean Michelez stand sie sofort auf und lächelte, wenn auch gezwungen, was zu bedeuten schien, daß sie wünschte, alles möge wieder normal werden, während Monsieur Dausset seine Haltung nicht änderte und sich damit begnügte, den Neuankömmling kurz zu grüßen. Der Unternehmer ahnte, daß Monsieur Dausset Edith zu küssen versucht und daß diese sich erschrocken zu ihrer Tochter geflüchtet hatte.

Unter dem Vorwand, nachzusehen, ob das Wetter sich bessern würde, ging Jean Michelez in den Garten hinaus. Dann machte er Edith durch das Fenster ein Zeichen, nachzukommen. Als sie bei ihm war, sah er sie sanft an und fragte sie, wie man ein Kind nach einer heiklen Sache fragt, mit leiser Stimme:

– Er hat sich schlecht benommen, nicht wahr? Er hat versucht, sich Ihnen zu nähern?

Sie antwortete nicht sofort. Seit sich der Zustand ihrer Tochter verschlechtert hatte, hatte sie erneut den Sinn für die Realität verloren. Sie glaubte die Ursache all dessen zu sein, was ihr zustieß. Wäre sie ruhig und glücklich gewesen, glaubte sie, hätten die Leute um sie herum ein anderes Gesicht gehabt. Das einzige Wesen, auf das sie sich in ihrer Not stützte, zu dem sie Vertrauen hatte, war Jean Michelez. Sie sah ihn einen Augenblick lang bestürzt an, dann sagte sie:

– Ja. Er will mich heiraten. Wenn ich einwillige, wird er Dinah in die Schweiz bringen. Er hat mich bekniet. Dann ist er böse geworden. So habe ich ihn, ohne zu wissen, was ich tue, beschimpft… ich habe ihn beschimpft… Er muß mir böse sein.

Bevor Jean Michelez ein Wort sagte, bewegte er die Lippen, als wolle er daraufbeißen. Er ergriff Ediths Hand. Schließlich fragte er:

– Hat er Ihnen wirklich all das gesagt?

– Oh! Ich weiß es nicht mehr, Monsieur, stammelte Madame Auriol, der diese Geschichte neben der Gesundheit ihrer Tochter bedeutungslos erschien.

– Er wird sich entschuldigen, oder er wird es mit mir zu tun bekommen.

Jean Michelez fühlte eine dumpfe Wut in sich aufsteigen. Was er befürchtet hatte, war also geschehen. Dieser Mann hatte die Not einer Frau ausgenutzt, um zudringlich zu werden.

Ohne ein Wort zu sagen, betrat der Unternehmer, dem Anschein nach sehr ruhig, das Gartenhaus.

– Mein lieber Dausset, sagte er, Sie werden sich vor meinen Augen bei Madame entschuldigen. Hören Sie?

Monsieur Dausset sah ihn an, wobei er den Erstaunten spielte, und sagte dann:

– Entschuldigen Sie, sind Sie verrückt? Was ist denn geschehen?

– Sie wollen sich nicht entschuldigen, schrie Jean Michelez, der nach und nach seine Beherrschung verlor.

– Ich brauche mich weder bei Madame noch bei sonst jemandem zu entschuldigen.

– Kommen Sie nach draußen, Dausset, kommen Sie… Sie sind ein Feigling, verstehen Sie? Sie sind der letzte Feigling.

In diesem Moment weckten die lauten Stimmen Dinah auf. Als wäre sie blind, weiteten sich ihre Augen, ohne jedoch die Szene zu beobachten. Sie war starr vor Schrecken. Ihre Mutter hatte sich ihr genähert und befahl Jean Michelez, während sie sie in den Arm nahm, nicht zu schreien.

– Feigling… Feigling, fuhr dieser fort. Schämen Sie sich nicht! Ich hätte von Ihrer Seite wirklich alles erwartet, bloß das nicht.

Die Kleine brach in Schluchzen aus. Sie zitterte vor Angst.

– Da sehen Sie, was Sie anrichten! schrie seinerseits Dausset. Wenn man den Beschützer spielen will, öffnet man seine Brieftasche, hören Sie mich, Monsieur Michelez? Man hat keine Angst davor, sie zu öffnen. Ich bin wenigstens offen. Was ich vorschlage, ist fair. Man kann annehmen oder ablehnen. Ich zwinge niemanden. Aber wer einwilligt, kann sich auf mich verlassen.

Bei diesen Worten überfiel den Unternehmer zum ersten Mal in seinem Leben eine solche Wut, daß er sich imstande fühlte, seinen Gesprächspartner zu töten. Er hörte weder die Bitten von Madame Auriol noch das Schluchzen des Kindes, noch, was Dausset weiter sagte.

Die Szene hatte eine solche Lautstärke angenommen, daß Antoinette herbeilief.

– Was ist los?

Die beiden Männer waren nun im Garten. Dausset ging rückwärts zur Gartentür, während ihn der Unternehmer beschimpfte. Madame Auriol schwieg. Sie war bleich. All ihr Schamgefühl, ihr Stolz waren verflogen. Sie hatte das Gefühl, man töte ihr Kind. Jeder Schrei zerriß sie. Sie fühlte, wie Dinah in ihren Armen von Kopf bis Fuß zitterte.

Schließlich gelang es Antoinette, die beiden Männer zu trennen und ihren Mann zur Villa zu ziehen.

Eine halbe Stunde später kehrte Jean Michelez zu Madame Auriol zurück. Sie hatte sich nicht von der Stelle gerührt. Dinah stöhnte, die Augen weder geöffnet noch geschlossen. Man konnte die Iris, unbeweglich, zwischen den Wimpern sehen.

Dieser letzte Auftritt hatte den Unternehmer verwandelt. Er, der normalerweise vorsichtig war, schien nun zu allem entschlossen, um das Kind zu retten.

– Man muß sie in die Schweiz schicken, sagte er sofort.

Madame Auriol hörte ihn nicht einmal. Er ging auf das Kind zu.

– Nun, Dinah, lächeln Sie doch ... lächeln Sie brav. Ich bin es doch.

Madame Auriol hatte sich unendlich vorsichtig erhoben, in der Sorge, das Mädchen nicht aus der Bewußtlosigkeit zu reißen, die sie befallen hatte. Jean Michelez setzte sich neben Dinah. Er ließ sie nicht mehr aus den Augen. Er hörte hinter sich Edith verhalten weinen. Er drehte sich noch einmal um. Er konnte seinen Blick nicht vom Gesicht des Kindes lösen. Von Zeit zu Zeit murmelte er ein paar zärtliche Worte, die das Mädchen nicht hörte. Plötzlich öffnete sie die Augen, Augen, die nichts sahen, die sich aber dennoch auf Jean Michelez richteten. Er hielt den Atem an. Die Augen blieben geöffnet. Es kam ihm so vor, als richteten sie sich unmerklich, obwohl sie sich nicht bewegten, mit noch mehr Intensität auf ihn. Die Lippen waren noch durchblutet. Ein kleiner Luftzug bewegte die Haare an den Schläfen. Er betrachtete die Haare. Sie bewegten sich mit außerordentlicher Leichtigkeit, und plötzlich sah er die Augen starr, das Gesicht bleich werden und etwas unendlich Heiteres über das Gesicht des Kindes fliehen, sah Schatten an den Rändern der Wangen und um die Lippen und dann nichts mehr als Regungslosigkeit.

Er begriff, Dinah war tot.

# Emmanuel Bove

*Ein Junggeselle*
Roman
Aus dem Französischen von Georges Hausemer
Band 10621

*Die letzte Nacht*
Roman
Aus dem Französischen von Thomas Laux
Band 9278

*Die Liebe des Pierre Neuhart*
Roman
Aus dem Französischen von Thomas Laux
Band 10400

*Menschen und Masken*
Roman
Aus dem Französischen von Uli Aumüller
Band 10790

*Der Mord an Suzy Pommier*
Roman
Aus dem Französischen von Barbara Heber-Schärer
Band 11658

Fischer Taschenbuch Verlag

fi 1156 / 6

## Georges Perec

*Ein Kunstkabinett*
Geschichte eines Gemäldes
Roman
Aus dem Französischen von Eugen Helmlé
Band 10408

*Ein Mann der schläft*
Roman
Aus dem Französischen von Eugen Helmlé
Band 10379

*Träume von Räumen*
Aus dem Französischen von Eugen Helmlé
Band 11138

*Was für ein kleines Moped mit verchromter Lenkstange steht dort im Hof?*
Aus dem Französischen von Eugen Helmlé
Band 10381

*53 Tage*
Roman
Aus dem Französischen von Eugen Helmlé
Band 10409

Marguerite Yourcenar

*Alexis oder der vergebliche Kampf*
Aus dem Französischen von Peter Gan
Roman. Band 10071

*Der Fangschuß*
Aus dem Französischen von Richard Moering
Roman. Band 5475

*Die schwarze Flamme*
Aus dem Französischen von
Anneliese Hager, René Cheval, Bettina Witsch
Roman. Band 10072

*Eine Münze in neun Händen*
Aus dem Französischen von Rolf und Hedda Soellner
Roman. Band 5476

*Gedenkbilder*
Aus dem Französischen von Rolf und Hedda Soellner
Eine Familiengeschichte. Band 5472

*Lebensquellen*
Aus dem Französischen von Rolf und Hedda Soellner
Eine Familiengeschichte. Band 5473

*Liebesläufe*
Aus dem Französischen von Rolf und Edda Soellner
Eine Familiengeschichte. Band 10499

*Mishima oder die Vision der Leere*
Aus dem Französischen von Hans-Horst Henschen
Essay. Band 5474

Fischer Taschenbuch Verlag

fi 913 / 4

# Jean Giono

***Der Berg der Stummen***
Roman
Aus dem Französischen von Käthe Rosenberg
Band 11149

***In Italien um glücklich zu sein***
Ein Reisebuch
Aus dem Französischen von Peter Gan
Band 11145

***Das Lied der Welt***
Roman
Aus dem Französischen von Ruth Gerull-Kardas
Band 5315

***Vom wahren Reichtum***
Aus dem Französischen
von Ruth und Walter Gerull-Kardas
Mit Zeichnungen von Van Gogh
Band 11421

Fischer Taschenbuch Verlag

fi 166 / 11

Henri-Frédéric Blanc

*Der Mann im Lift*

Roman

Aus dem Französischen von Sigrid Vagt

Band 11979

Ein verrückter kleiner Roman über Kommunikation und Kommunikationslosigkeit in der Warenwelt unserer Tage, der in der Anlage und Abfolge an die Filme von Peter Greenaway erinnert. Ein junger, dynamischer Werbemann sucht im feinen 16. Arrondissement von Paris ein Haus auf, um eine Wohnung zu besichtigen, die in einer Zeitung annonciert war. Um die Hauseigentümerin zu treffen, benutzt er den Lift. Der Aufzug bleibt zwischen zwei Etagen stecken. Für drei Wochen wird der Mann von der Hausbesitzerin in diesem Käfig gefangengehalten. Die junge, reiche, frivole Witwe macht sich einen Spaß daraus, den Sprücheklopfer an den Rand des Irrsinns zu treiben. Eine ihrer Martern besteht darin, daß er sich die von ihm konzipierten Werbespots ansehen muß.

»Bissig, mit Spaß
am Zynismus, grausam und komisch zugleich.«

*Le Figaro*

Fischer Taschenbuch Verlag

fi 1630 / 3

# Raymond Queneau

## *Die blauen Blumen*

Roman
Aus dem Französischen von Eugen Helmlé
Band 5891

Genuß bei der Lektüre bereitet nicht nur die ungeheure Komik der sprachlichen Erfindungen, der lustigen und schrulligen Abenteuer, mit Genuß entdeckt der Leser auch das innere Gefüge des Buches, den Hintergrund aus Vergangenheit und Gegenwart und die Alchemie der Zahlen.

## *Der Flug des Ikarus*

Roman
Aus dem Französischen von Eugen Helmlé
Band 5977

Lange bevor Woody Allen seine Darsteller von der Leinwand herabsteigen und die Grenze zwischen Fiktion und Realität überwinden ließ, erfand Queneau Ikarus, der sich aus einem unvollendeten Romanmanuskript entfernt und erste Erfahrungen mit der Realität sammelt, während sein Schöpfer, der Schriftsteller Hubert Lubert, einen Detektiv beauftragt, Ikarus zu suchen....

## *Das intime Tagebuch der Sally Mara*

Roman
Aus dem Französischen von Eugen Helmlé
Band 5832

Noch vor *Zazie in der Metro* veröffentlichte Raymond Queneau unter dem Pseudonym Sally Mara dieses »intime Tagebuch« – eine ganz aus Wortwitz und Wortspiel konstruierte Erotomanie, in der die Sprache auf eigene Weise beim Wort genommen wird.

Fischer Taschenbuch Verlag

fi 426 / 5

# Louis Aragon

*Die Abenteuer des Telemach*
Erzählung
Aus dem Französischen von Lydia Babilas
Band 5879

*Aurélien*
Roman
Aus dem Französischen von Lydia Babilas
Band 9227

*Die Glocken von Basel*
Roman
Aus dem Französischen von Alfred Kurrella
Band 5903

*Die Viertel der Reichen*
Roman
Aus dem Französischen von Stephan Hermlin
Band 5904

*Das Wahr-Lügen*
Erzählungen
Aus dem Französischen von Lydia Babilas
Band 5831

Fischer Taschenbuch Verlag

fi 495 / 5